GTB
Gütersloher Taschenbücher
449

D1928695

Renate Wind

geboren 1950 in Hamm/Westfalen, studierte Theologie und Erziehungswissenschaften in Bethel und Heidelberg. Nach der Promotion absolvierte sie ihr Vikariat in Mannheim. Seit vielen Jahren ist sie Mitarbeiterin in der Friedensbewegung und in Solidaritätsgruppen für Lateinamerika, hält Vorträge, Seminare und veröffentlicht Texte zu sozialgeschichtlicher Bibel-Auslegung und Kirchengeschichte. Heute lebt sie in Heidelberg und lehrt als Professorin für Biblische Theologie an der Evangelischen Fachschule für Religionspädagogik in München. 1993 wurde sie für ihre Bonhoeffer-Biographie mit dem „Evangelischen Buchpreis“ ausgezeichnet.

Renate Wind

Dem Rad in die Speichen fallen

Die Lebensgeschichte des Dietrich Bonhoeffer

Gütersloher Verlagshaus

Die gleichnamige Originalausgabe erschien 1990 im Beltz Verlag,
Weinheim und Basel.

Die Deutsche Bibliothek – CIP-Einheitsaufnahme

Wind, Renate:
Dem Rad in die Speichen fallen : die Lebensgeschichte
des Dietrich Bonhoeffer / Renate Wind. – 1. Aufl. der
Taschenbuchausg. – Gütersloh : Gütersloher Verl.-Haus, 2001
(Gütersloher Taschenbücher ; 449)
ISBN 3-579-00449-2

ISBN 3-579-00449-2
1. Auflage der Taschenbuchausgabe im Gütersloher Verlagshaus,
Gütersloh 2001
© 1990 Beltz Verlag, Weinheim und Basel
Programm Beltz & Gelberg, Weinheim

Das Werk einschließlich aller seiner Teile ist urheberrechtlich geschützt. Jede Verwertung außerhalb der engen Grenzen des Urheberrechtsgesetzes ist ohne Zustimmung des Verlages unzulässig und strafbar. Das gilt insbesondere für Vervielfältigungen, Übersetzungen, Mikroverfilmungen und die Einspeicherung und Verarbeitung in elektronischen Systemen.

Umschlaggestaltung: Init GmbH, Bielefeld
Druck und Bindung: Elsnerdruck, Berlin
Gedruckt auf chlorfrei gebleichtem Werkdruckpapier
Printed in Germany
Besuchen Sie uns im Internet: http://www.gtvh.de

Inhalt

Der Häftling in der Zelle 92 des Militärgefängnisses Berlin-Tegel ist ein besonderer Fall. Dietrich Bonhoeffer, siebenunddreißig Jahre alt, Theologiedozent und Pfarrer ohne Lehrerlaubnis, zuletzt als Kurier der Abwehr tätig, verhaftet unter dem Verdacht der Verschwörung gegen Führer und Reich, ist der Starhäftling der Anstalt. Er kommt aus jenen besseren Kreisen, die man bisher nicht mit staatsfeindlicher Konspiration in Verbindung brachte. Der langjährige Klinikchef der Berliner Charité ist sein Vater, der Stadtkommandant von Berlin sein Onkel. Im Jahre 1943 ist ein Mann mit solchen Verbindungen noch eine seltene Erscheinung in den Gefängnissen Hitlerdeutschlands. Deshalb ist das Gefängnispersonal unsicher, wie man mit so jemandem umgehen soll. Die Schließer in Berlin-Tegel haben klare Feindbilder. Wer hier eingeliefert wird, ist entweder »bolschewistischer Agent« oder »Wehrkraftzersetzer«, ein »feiger Deserteur« oder einfach ein »Kameradenschwein«. Wer in diesem Gefängnis sitzt, darf ungestraft als »Strolch« beschimpft und als »Staatsfeind« schikaniert werden. Doch der Neue in der Zelle 92 verbittet sich diesen Ton. Er paßt auch nicht in die herkömmlichen Kategorien. Er ist nicht da, wo er hingehört.

Er selbst scheint das manchmal auch so zu empfinden. In Dietrich Bonhoeffers Aufzeichnungen und Briefen aus der Haft taucht oft die Frage nach der eigenen Identität auf. Im Sommer 1944 schreibt er ein Gedicht: »Wer bin ich?« Es zeigt das Bild eines Menschen, der aus Widersprüchen besteht, der aus seiner Zelle tritt, »heiter und gelassen wie ein Gutsherr aus seinem Schloß«, und der zugleich, wie seine Mitgefangenen, gegen den Haftkoller, gegen Ängste und Depressionen kämpft. Unter dem Druck der monatelangen Untersuchungshaft, in dringender Erwartung des Umsturzes, den er mit vorbereitete – und der dann wenige Tage später fehlschlagen wird –, thematisiert Dietrich sein Hinundhergerissensein zwischen Selbstsicherheit und Selbstzweifel. Dieser Widerspruch hat ihn sein Leben lang begleitet, und er war niemals nur ein individuelles Problem. Daß Dietrich diesen Widerspruch so stark empfand, lag daran, daß im Laufe seines Lebens traditionelle Werte zugleich in Frage gestellt und der Bewährungsprobe ausgesetzt wurden.

Dietrich kam aus einer Familie, in der man wußte, wer man war und wo man stand. Für ihn wurde das zu einer immer wieder offenen und ständig neu zu beantwortenden Frage. Es war nicht leicht, sie glaubwürdig zu beantworten, denn die Welt, die ihn geprägt hatte, blieb nicht die gleiche.

Einen Platz in der Welt haben

1906–1914

Als Dietrich Bonhoeffer am 4. Februar 1906 in Breslau geboren wird, ist die Welt noch in Ordnung. Seine Kinderjahre fallen in eine Epoche, die man später die »gute alte Zeit« nennen wird. Den Beginn des neuen Jahrhunderts hatte man 1889 mit der Weltausstellung in Paris gefeiert. Im Ausstellungskatalog war zu lesen: »Die weltweite Ausstellung ist das großartige Resultat, die gewaltige Bilanz eines ganzen Jahrhunderts, des an Entdeckungen reichsten, an Wissenschaften wundersamsten Jahrhunderts ... das zu Ende geht und zugleich eine neue Ära in der Geschichte der Menschheit eröffnet.« Eine solche pathetische und optimistische Äußerung entsprach dem Geist der Zeit. Sie war weit weniger umstritten als der Eiffelturm, der kurz vor der Weltausstellung gebaut worden war.

Dietrich ist das sechste von acht Kindern. Sein Vater, Karl Bonhoeffer, ist Professor für Psychiatrie und Klinikchef in Breslau. Seine Mutter Paula ist eine geborene von Hase. Ihr Vater war Theologieprofessor und zeitweilig Hofprediger Kaiser Wilhelms II. Die Familie, in der Dietrich aufwächst, gehört zur Bildungselite des Deutschen Reiches.

Die Bonhoeffers bewohnen ein geräumiges Haus

mit Garten. An der Wand im Treppenhaus hängt, auf Leinen gemalt, der Stammbaum der Familie; er läßt sich bis ins 16. Jahrhundert zurückverfolgen. Die Vorfahren des Vaters waren angesehene Bürger. Die Familie Karl Bonhoeffers ist stolz auf ihre bürgerliche Herkunft. Vor Paula Bonhoeffers adliger Verwandtschaft hat man wenig Respekt. Sie selbst hatte sich schon früh von ihrem Milieu distanziert. Statt sich auf eine standesgemäße Heirat vorzubereiten, machte sie das Lehrerinnenexamen und heiratete schließlich einen Bürgerlichen, obwohl eigentlich ein anderer für sie vorgesehen war.

Am Beginn des 20. Jahrhunderts ist klar, daß die Zukunft dem Bürgertum gehört. Zwar herrscht in Deutschland noch die Monarchie, noch sind Adel und Armee die »Stützen der Gesellschaft«, aber die Fabriken und Handelskontore, die Forschungslabore und Lehrstühle gehören längst den Bürgern. Sie garantieren den wirtschaftlichen und wissenschaftlich-technischen Fortschritt. Das macht selbstbewußt.

Karl Bonhoeffer ist ein typischer Wissenschaftler des ausgehenden 19. Jahrhunderts. Er ist davon überzeugt, daß die Welt erforscht und begriffen werden kann. Er hält nichts von Spekulationen, weder von religiösen noch von wissenschaftlichen. Deshalb hält er auch nichts von Sigmund Freud, dem Kollegen aus Wien. Dessen Behauptung, der Mensch sei weit mehr von seinen unbewußten Regungen und Trieben abhängig, als er glaube, ist Karl Bonhoeffer unheimlich. Eine solche Einstellung ist gegen seine Art zu denken und zu leben. Für ihn ist Wissenschaft empirische Forschung und rationale Erklärung nachweisbarer Phänomene. Sein Lebensprogramm heißt: die Wirklichkeit erkennen und vernünftig bewältigen. Das will er auch seinen Kindern beibringen, den Töchtern ebenso wie den Söhnen.

Dietrich ist der jüngste der vier Söhne. Ein Foto aus dem Jahre 1910 zeigt den Vierjährigen zusammen mit dem Vater und den drei großen Brüdern Karl-Friedrich, Walter und Klaus. Dietrich ist ein schöner kleiner Junge mit langen blonden Haaren und einem weichen, mädchenhaften Gesicht. Er sieht anders aus als die übrigen Männer der Familie. Die großen Brüder kommen auf den Vater heraus, sie sind jungenhaft und schmal und haben einen wachen, skeptischen Gesichtsausdruck. Sie teilen Vaters naturwissenschaftliche Interessen. Mit ihnen kann er etwas anfangen.

Dietrich, der etwas verträumte Kleine, hat es nicht leicht, sich gegen die Brüder durchzusetzen. Vor allem muß er um die Anerkennung des Vaters kämpfen, der sich viel mehr mit den Großen identifiziert. Noch als Erwachsenem macht ihm der Wunsch zu schaffen, vom Vater akzeptiert zu werden. Das heißt nicht, daß Dietrich diesen Konflikt später zum Ausdruck bringt und offen austrägt. Dazu ist die Autorität des Vaters viel zu unumstritten. Aber in späteren Äußerungen bezeichnet er die »Herbe« des Vater-Sohn-Verhältnisses als zugleich fordernd und verunsichernd. Und in krisenhaften Lebensphasen schreibt er Kindheitserinnerungen auf, selbstkritische Reflexionen, die Aufschluß geben über die Nöte und Konflikte des Kindes Dietrich Bonhoeffer: »Er hatte es schon als Knabe geliebt, sich auf dem Totenbett vorzustellen, umgeben von allen, die ihn liebten, und denen nun letzte Worte zu sagen. Er hatte heimlich oft darüber nachgedacht, was er wohl in diesem Augenblick sagen würde.«[1]

Einmal im Mittelpunkt stehen, einmal von allen beachtet werden, das sind Phantasien von Kindern, die es schwer haben, ihren Stand gegenüber Eltern und Geschwistern zu behaupten.

Während Dietrichs Kinderzeit werden die Eltern von fünf pubertierenden, nach und nach erwachsen werdenden Großen in Atem gehalten, Dietrichs Brüdern und seinen Schwestern Ursula und Christine. Dazu kommen zunehmende gesellschaftliche Verpflichtungen. Dietrich gehört zu den drei Kleinen, die nebenher mitlaufen. Unter ihnen allerdings dominiert er. Für seine Schwestern Sabine und Susanne ist er der Held. Daß Dietrich später um Beachtetwerden und gegen Dominierenwollen gleichzeitig zu kämpfen hat, liegt in dieser Familienkonstellation begründet.

Als Dietrich sechs Jahre alt ist, zieht die Familie nach Berlin. Der Vater übernimmt dort den damals führenden Lehrstuhl für Psychiatrie und Neurologie und die

Leitung der renommierten Universitätsklinik, der Berliner Charité. Karl Bonhoeffer ist jetzt der »Herr Geheimrat«, er hat Zugang zu den höchsten Regierungsstellen, er ist der führende Vertreter der deutschen Psychiatrie und eine international anerkannte Kapazität mit Privatpatienten aus dem In- und Ausland. Und bei alldem verkörpert er die preußischen Tugenden der deutschen Bildungselite: Pflichtbewußtsein, Understatement, »mehr sein als scheinen«.

In dieser und vieler anderer Hinsicht sind die Bonhoeffers typisch für die Lebensart und das Lebensgefühl des aufgeklärten, konservativ-liberalen Bürgertums jener Zeit. In der Familie geht es bei aller Toleranz patriarchalisch zu. Der Vater ist eine Institution. Auch zu Hause gehört er nicht nur seiner Familie. Er hat ein Arbeitszimmer, das von den Kindern nicht betreten werden darf. In allen Familienangelegenheiten hat er das letzte Wort. Aber man behelligt ihn nur mit den wirklich wichtigen Problemen.

Das heißt nicht, daß Karl Bonhoeffer sich nicht um seine Familie kümmert. Im Gegenteil erinnern sich alle Kinder an ihn als einen begeisterten Vater. Die Formen, in denen Vater und Kinder sich begegnen, sind jedoch streng geregelt. Großer Wert wird auf die gemeinsamen Mahlzeiten gelegt. Aber daß Kinder bei Tisch nur reden, wenn sie gefragt werden, gilt auch in Dietrichs Familie. Wenn es sich einrichten läßt, verbringt der Vater einen Teil des Abends im Familienkreis. Regelmäßig liest er vor, aus Werken von Schiller, Dostojewski und Fontane. Ein Foto aus dem Familienalbum zeigt ihn dabei als unumstrittenen Mittelpunkt des Hauskreises, zu dem sich selbstverständlich die ganze Familie versammelt. Die Familie als eine in sich geschlossene, geordnete Welt – das Bürgertum der Wilhelminischen Ära liebt solche Bilder.

Einstimmig beschreiben die Kinder ihren Vater als einen zugleich einfühlsamen und distanzierten Mann. Er selbst äußert in seinen Lebenserinnerungen die Überzeugung, daß »sich die Qualifikation zum Psychiater auch darin bekunden muß, daß nicht nur das Verständnis für Andersdenkende, sondern auch die Beherrschung des Affektiven in besonderem Maße entwickelt sein wird«[2].

Das ist nicht nur ein Seitenhieb gegen den Kollegen Freud, sondern ein Maßstab für Urteile und Entscheidungen. Mit einer solchen Einstellung kann man große Worte und schöne Gefühle auf ihre Substanz hin abklopfen. Das tut Karl Bonhoeffer auch gegenüber seinen Kindern. Er zeigt ihnen, daß man ihm nichts vormachen kann. Das erzieht zu Nüchternheit und Ehrlichkeit. Sabine, Dietrichs Zwillingsschwester, erinnert sich: »Seine Ablehnung der Phrase hat uns zu Zeiten einsilbig und unsicher gemacht, aber erreicht, daß wir als Heranwachsende an Schlagwörtern, Geschwätz, Gemeinplätzen und Wortschwall keinen Geschmack mehr fanden.«[3]

Das ist die eine Seite. Auf der anderen Seite leiden einige der Kinder auch unter dem Abstand zum Vater. Susanne, die jüngste Tochter, erinnert sich noch als erwachsene Frau an ihre Gefühle bei einem der seltenen Besuche, die sie ihrem Vater in seiner Klinik macht, um dort gebrauchtes Spielzeug für die kranken Kinder abzuliefern. Sie erlebt dort einen Mann, der die kranken Kinder mehr als die eigenen an sich herankommen, sich sogar von ihnen anfassen läßt: »Als wir uns trennen, habe ich meinen Vater sehr lieb und möchte ihn anfassen und streicheln wie die Kranken, aber ich wage es nicht.«[4]

Sich anfassen, Gefühle zeigen, sich spontan einem anderen mitteilen – das alles lernt man bei diesem Vater nicht. Aber das ist nichts Besonderes. In den Kreisen des gehobenen Bürgertums gehört Distanzhalten zum guten Ton und Sichbeherrschen zu den Tugenden, auf die man besonderen Wert legt. Karl Bonhoeffer ist selbst schon zu einer solchen Haltung erzogen worden. Er gibt mit gutem Gewissen weiter, was ihm selbstverständlich ist: daß man sein Gefühlsleben unter Kontrolle hat. Was dabei unbewußt weiterexistiert und verdrängt wird, steht auf einem anderen Blatt.

Gefühle zulassen und ausleben zu dürfen ist Sache der Frauen. Sie sollen das emotionale Element neben dem rationalen des Mannes verkörpern. Diese Rollenverteilung gilt auch bei den Bonhoeffers. Aber Gefühle zu haben und zu zeigen ist für Paula Bonhoeffer auch

Ausdruck ihrer Souveränität. Sie hat sich schon als junges Mädchen nicht viel vorschreiben lassen. Und auch als Ehefrau von Karl Bonhoeffer wahrt sie ihre Eigenständigkeit. Sie lebt ihre Gefühle so ungeniert und selbstverständlich, daß es akzeptiert wird, auch von ihrem Mann. Zugleich macht sie deutlich, daß Gefühl und Verstand zusammengehören.

In den ersten Schuljahren unterrichtet Paula Bonhoeffer ihre Kinder selbst. Sie hält nichts von der preußischen Erziehung. Häufig äußert sie die Ansicht, den Deutschen würde im Leben zweimal das Rückgrat gebrochen, erst in der Schule und dann beim Militär. Die Kinder genießen ihren Unterricht. Er ist anschaulich und regt zu eigenem Denken und Entdecken an. Manche ihrer Schüler langweilen sich hinterher in der Schule entsetzlich und sind der Schrecken jener Lehrer, für die Ruhe und Ordnung erste Bürgerpflicht und höchstes Lernziel ist.

»Bonhoeffer beißt in die Modelle!« steht im Klassenbuch, als Klaus die Kirschen ißt, die er abmalen soll. In dieser wie in vielen Angelegenheiten ähnlicher Art reagieren die Eltern gelassen. Unehrlichkeit oder mangelnde Hilfsbereitschaft wären schlimmer. Paula Bonhoeffer, die ihren eigenen jugendlichen Freiheitsdrang nicht vergessen hat, eröffnet ihren Kindern Freiräume, die für die damalige Zeit ungewöhnlich sind. Sie ist über Jahre für die soziale und emotionale Seite der Erziehung zuständig. Sie erzählt Geschichten, auch aus der Bibel, von ihr lernen die Kinder Lieder und Gedichte. Sie ist die Anlaufstelle für Fragen, Nöte und Probleme in allen Lebenslagen.

Von den Jungen ist Dietrich ihr am ähnlichsten, musikalisch, gefühlsbetont, interessiert an Menschen und ihren Geschichten. Nicht nur äußerlich hat Dietrich von den Jungen am meisten auch weibliche Seiten in sich. Doch die zu akzeptieren und zu leben ist für seine Generation und sein Milieu noch kaum vorstellbar. Dietrich will ein »richtiger Mann« werden wie der Vater und die Brüder. Jedenfalls spricht er später häufig davon, daß er sich unter dem Einfluß des Vaters entscheidend verändert habe. Offenbar hat er zeit seines Lebens versucht, die von der Mutter geerbte psychische Konstitution mit den vom Vater übernommenen Normen zu kompensieren und zu kontrollieren. Die manchmal übertriebene Distanz, die später viele an ihm beobachten, mag auch damit zusammenhängen, daß er eigentlich ganz anders ist.

Obwohl beide Eltern für Dietrich eine wichtige Rolle spielen, ist er in seiner Kindheit nicht auf Vater oder Mutter fixiert. Das liegt daran, daß die Bürgerfamilien damals mit unseren heutigen Kleinfamilien wenig zu tun haben. Zwar ist die Familie unumstrittener Bezugspunkt und Mittelpunkt bis ins Erwachsenenleben hinein, aber sie besteht nicht nur aus den engsten Familienangehörigen.

Der Hausstand umfaßt die Köchin, das Stubenmädchen, den Chauffeur und die Erzieherin, die in der Regel unverheiratet ist und mit »Familienanschluß« im Haus lebt. Zum Kreis der Familie gehören für Dietrich und seine Geschwister zeitweise aufgenommene ledige oder verwitwete Tanten, ältere Vettern, die in Berlin studieren, und die Großmutter, die achtzigjährig zu der Familie ihres Sohnes zieht. Das Haus ist groß und offen für Gäste. Onkel und Kusinen kommen zu Besuch, Kollegen und Studenten des Vaters werden eingeladen, nach und nach kommen immer mehr Freunde und Freundinnen aus der Nachbarschaft, Verehrer, Bräute und Verlobte der älteren Geschwister dazu. Dietrich wächst in einem Elternhaus auf, das offen ist für vielfältige Begegnungen und Einflüsse. In einem solchen Klima bekommen intelligente und interessierte Kinder ganz von selbst eine Menge mit, manchmal sogar mehr, als sie sollen.

Keineswegs ist die große Verwandtschaft der Eltern einheitlich in Ansichten und Lebensstil. In Vaters bürgerlicher Familie gibt es konservative Monarchisten und liberale Republikaner, und unter Mutters adligen Vorfahren und Geschwistern findet man manchen Aussteiger und auch einen, der auf der Festung Hohenasperg gesessen hat, weil er 1848 für die Republik war.

Die Kinder von Karl und Paula Bonhoeffer lernen schon am Familientisch, daß man unterschiedlich über die Monarchie und die Gesellschaft des kaiserlichen

Deutschland denken kann. Die Bonhoeffers teilen nicht die heimliche Bewunderung, die ein großer Teil des deutschen Bürgertums gegenüber dem Adel und der Hohenzollerndynastie empfindet. Sie machen sich lustig über den Matrosenanzug, den des Kaisers Vorliebe für die Flotte populär gemacht hat, lächeln über die Erzieherin, die dem preußischen Königshaus allzu große Verehrung entgegenbringt, und Karl-Friedrich belehrt seine kleine Schwester, »daß Adel sowieso Quatsch ist«[5]. Für den geschmacklosen Pomp, den sentimentalen Germanenkult und die markigen Sprüche des Kaisers hat man nur milde Verachtung. Aber man hat auch wenig Gespür für die Gefahr, die sich hinter der bunten Kulisse monarchistischer Selbstbeweihräucherung verbirgt. Man hält das alles für Schönheitsfehler in einer Welt, die im großen und ganzen in Ordnung ist. Man glaubt den inneren und äußeren Frieden gesichert. Wohlstand und Fortschritt, Vernunft und Stabilität scheinen das Fundament für das neue Jahrhundert zu sein. Daß unter der Oberfläche der »guten alten Zeit« der politische und soziale Konflikt gärt, daß das Fundament brüchig ist, erkennen damals ohnehin nur wenige. Man selbst hat einen Platz in der Gesellschaft gefunden, und man wird ihn verantwortungsvoll ausfüllen.

So ist Dietrichs Kinderwelt eine heile Welt. Später wird er sagen, sein Elternhaus habe ihn von den Schattenseiten des Lebens ferngehalten. Es gibt keine Sorgen um Kleidung, Wohnung und Essen, es gibt genug Spielzeug, Bücher und Platz für Freunde, ein eigenes Zimmer, den Garten, das Ferienhaus im Harz. Aber es ist nicht nur das, was die Bonhoeffer-Kinder von ihren Altersgenossen in den Arbeitervierteln unterscheidet. Viele Jahre später, in der Gefängniszelle in Tegel, wird Dietrich den entscheidenden Unterschied in einem Dramenfragment zum Ausdruck bringen; darin sagt der Proletarier Heinrich zum Bürgersohn Christoph: »Ihr habt ein Fundament, ihr habt Boden unter den Füßen, ihr habt einen Platz in der Welt ...«[6]

Das ist der eigentliche Vorsprung, den Dietrich vor anderen hat: Er weiß, woher er kommt und wer er ist. Er hat Eltern, die schon etwas geworden sind, und eine Familiengeschichte, auf die er stolz sein kann. Spuren berühmter Leute aus Vergangenheit und Gegenwart finden sich im ganzen Haus. Namen, die andere nur aus dem Lexikon kennen, stehen bei Bonhoeffers im Gästebuch oder in der Familienchronik.

Wer so aufwächst, hat es leichter als andere. Er hat von vornherein ein anderes Selbstbewußtsein. Man gehört zur Elite, zu denen, die mitbestimmen, was in der Welt geschieht. Natürlich bedeutet das auch, daß man dieser Familientradition verpflichtet ist. Man muß zu den Besten gehören, man muß etwas Besonderes vorweisen. Anscheinend wurde bei den Bonhoeffers der Anspruch, diesen Erwartungen gerecht zu werden, ebenso selbstverständlich weitergegeben wie die Sicherheit, das auch zu können.

Jedenfalls hat Dietrich wenig Schwierigkeiten damit gehabt. Er lernt schnell und gut, ist zugleich ein phantasievolles Kind und ein guter Sportler. Mit siebeneinhalb Jahren geht er aufs Gymnasium. Er kommt gut zurecht, aber er ist kein Streber und auch kein Stubenhocker. Was er neben der Schule treibt, entspricht ganz den Interessen eines Siebenjährigen: Abenteuerbücher lesen und Höhlen bauen, Musik machen und Völkerball spielen. Und der erste selbstgeschriebene Wunschzettel zeigt, was er sich, wie alle kleinen Jungen, sonst noch wünscht: »Pistole mit Pfropfen, Soldaten!«

Kriegspielen ist beliebt im kaiserlichen Deutschland. Militärparaden und Manöver, bunt und bombastisch, sind Machtdemonstration und Volksvergnügen zugleich. Von Zeit zu Zeit kommt es zwischen den europäischen Großmächten zu militärischen Drohgebärden, wobei sich der deutsche Kaiser mit Säbelrasseln besonders unangenehm hervortut. Aber man setzt darauf, daß das militärische Gleichgewicht der hochgerüsteten europäischen Nationen den Frieden sichern wird, und man ist der Überzeugung, daß alle, auch der Kaiser, im Grunde für den Frieden sind. Daß die Generäle ihre neuen Waffen ausprobieren wollen und daß die Großindustrie Absatzmärkte und Rohstoffquellen neu aufteilen will, bleibt vielen verborgen.

Als Dietrich acht Jahre alt ist, beginnt der erste Weltkrieg. Die innere und äußere Stabilität der »guten alten Zeit« hat sich als Trugschluß erwiesen. »In Europa gehen die Lichter aus«, die scheinbar heile Welt gerät aus den Fugen, und sie wird nicht mehr in die alte Ordnung kommen, auch nicht für Karl und Paula Bonhoeffer und ihre Familie.

Der Traum vom schönen frommen Tod

1914–1918

Am 1. August 1914 wird in Deutschland die Generalmobilmachung erklärt. Auf den Straßen herrscht Volksfeststimmung. Die Bonhoeffer-Kinder werden davon angesteckt. Dietrichs älteste Schwester Ursula stürmt von der Straße ins Haus, ruft: »Hurra, es gibt Krieg!« – und bekommt eine Ohrfeige. Krieg ist eine ernste Sache.

Die deutsche Bildungselite will den Krieg nicht, aber sie glaubt, daß er unvermeidlich sei. Nach der offiziellen Version ist der Angriff die beste Verteidigung gegen die Einkreisung der »Achsenmächte«, die dem erstarkten deutschen Konkurrenten den »Platz an der Sonne« verwehren und den Krieg auf zwingen wollen. Keiner will das Vaterland in dieser Situation im Stich lassen. Selbst die Sozialdemokraten wollen nicht als »vaterlandslose Gesellen« da stehen. Sie bewilligen am 4. August gegen die Stimmen von Rosa Luxemburg und Karl Liebknecht der Regierung die Kriegskredite. Der Kaiser verkündet: »Ich kenne keine Parteien mehr, ich kenne nur noch Deutsche!«, Pfarrer beider Kirchen predigen: »Gott mit uns!«, Soldaten schreiben an ihre Frontzüge: »Jeder Schuß ein Russ', jeder Stoß ein Franzos'« und winken dazu, als ginge es zum Schützenfest.

Von dieser Art Kriegsbegeisterung sind die Bonhoeffers weit entfernt. Aber sie sind von der Rechtmäßigkeit der deutschen Kriegsziele überzeugt und tun ihre »vaterländische Pflicht«. Kriegsanleihen werden gezeichnet, und Karl Bonhoeffer unterschreibt, wie Tausende anderer Universitätsprofessoren, eine Erklärung: »Es erfüllt uns mit Entrüstung, daß die Feinde Deutschlands einen Gegensatz machen wollen zwischen dem Geiste der deutschen Wissenschaft und dem, was sie preußischen Militarismus nennen. In dem deutschen Heere ist kein anderer Geist als in dem deutschen Volke. Der Dienst im Heer macht unsere Jugend tüchtig für alle Werke des Friedens, denn er erzieht sie zu selbstentsagender Pflichttreue und verleiht ihr das Selbstbewußtsein und Ehrgefühl des wahrhaft freien Mannes, der sich willig dem Ganzen unterordnet. Unser Glaube ist, daß für die ganze Kultur Europas das Heil an dem Sieg hängt, den der deutsche Militarismus erkämpfen wird, die Manneszucht, die Treue, der Opfermut des einträchtigen deutschen Volkes.«[1]

In diesem Sinne werden deutsche Kinder und Jugendliche erzogen. Das Bewußtsein, daß »am deutschen Wesen die Welt genesen« soll, wird weit über den ersten Weltkrieg hinausreichen. Auch Dietrich wird die Werte, an denen angeblich das Heil der Kultur Europas hängt, erst nach und nach in Frage stellen.

Tag für Tag steckt er mit seinen Schulkameraden den neuesten Frontverlauf ab. In jedem Klassenzimmer hängt die Karte mit den Ländern Europas, auf der das Vorrücken der deutschen Armeen mit schwarz-weiß-roten Fähnchen dokumentiert wird. Doch dann kommt die Front zum Stehen. Man hört Gerüchte über Materialschlachten, Stellungskrieg und Giftgas. In der großen Verwandtschaft der Bonhoeffers gibt es die ersten Kriegstoten.

Der Tod der älteren Vettern beschäftigt Dietrich und seine Zwillingsschwester Sabine bis tief in die Nacht hinein. »Wir lagen abends noch lange wach und versuchten, uns das Totsein und das ewige Leben vorzustellen. Wir bemühten uns, der Ewigkeit jeden Abend etwas näherzukommen, indem wir uns vornahmen, nur an das Wort Ewigkeit zu denken ... sie erschien uns sehr lang und unheimlich.«[2]

Die beiden Zehnjährigen sind nicht die einzigen, die sich mit solchen existentiellen Fragen beschäftigen. Der Krieg, der nicht enden will, bringt den Tod ins öffentliche Bewußtsein. Der Kirche wird die Stärkung des Durchhaltewillens anvertraut. Die Allgemeine Lutherische Kirchenzeitung zitiert 1917 aus einer Rede des Theologieprofessors Reinhold Seeberg, Dietrichs späteren Doktorvaters: »Weiter kämpfen, weiter aushalten! Überall Zeugnis ablegen für einen deutschen Frieden! Wir vertrauen auf den gesunden Sinn unseres Volkes, auf unser Heer und seine Führer, auf unseres Kaisers deutsches Herz, auf Gott. Der deutsche Friede ist der Friede der siegenden Kultur. Diesen deutschen Frieden schenke uns Gott!«[3]

Diese Rede wurde auf einer Kundgebung gegen einen möglichen Friedensschluß auf der Grundlage der bestehenden Grenzen gehalten. Deutscher Friede ist: Landgewinn für Deutschland.

Mit den Durchhalteparolen geht die Romantisierung des Todes einher. Vaterländische Lieder und Postkarten verherrlichen den Soldatentod. Humanistische Pädagogen traktieren den Satz des Horaz: »Süß und ehrenvoll ist es, für das Vaterland zu sterben.« Der Augsburger Gymnasiast Bertolt Brecht entgeht nur knapp der Relegation, als er in einem Aufsatz über Horaz schreibt, im Ernstfall würde dieser Hofnarr »als erster entwetzen«[4].

Dietrichs Gefühls- und Gedankenwelt sieht dagegen eher vaterländisch und opfermütig aus. Mit Begeisterung liest er Geschichten von Menschen, die für eine gute Sache ihr Leben opfern. Für den empfindsamen und phantasievollen Jungen wird die Auseinandersetzung mit dem Tod zeitweilig zu einem Dauerthema. Dietrich ist fasziniert von der Frage, wie der Tod zu bestehen sei. In den schon erwähnten Selbstreflexionen aus dem Jahr 1932 schildert er, was damals in ihm vorging: »Er wäre gern und früh gestorben, einen schönen frommen Tod. Sie sollten es alle sehen und wissen, daß das Sterben nicht hart, sondern herrlich ist für den, der an Gott glaubt.«[5]

Aber der Traum vom schönen frommen Tod hat seine Tücken. Dietrich sehnt sich nach dem Tod und fürchtet ihn zugleich. Denn er lebt auch sehr gerne. Manchmal genießt er sein Leben so intensiv, daß es der Familie auffällt. Als am Ende des Krieges die Versorgung auch in großbürgerlichen Haushalten knapp wird, entwickelt Dietrich unerwartete Fähigkeiten beim Organisieren von Lebensmitteln. Er ißt nämlich sehr gern und möglichst gut.

Diese vitale und sinnliche Lebensbejahung steht der Todessehnsucht entgegen. Dietrich erinnert sich: »Abends, wenn er übermüdet zu Bett ging, hatte er manchmal gemeint, es sei jetzt so weit. Dann schrie er in seiner Ahnungslosigkeit zu Gott und forderte Aufschub. Diese Erfahrung verwirrte ihn einigermaßen. Also wollte er offenbar doch nicht sterben, also war er doch feige ... Er war wirklich todesbereit, es war nur sein animalisches Dasein, das ihn immer wieder vor sich selbst verächtlich machte, das ihn an sich irre werden ließ.«[6]

Es ist sicher kein Zufall, daß Dietrich sich als erwachsener Mann gerade an diese Szene erinnert. Wie bei vielen sensiblen und lebendigen Menschen bleiben auch bei ihm diese inneren Gegensätze ein Leben lang bestehen. Dietrich wird immer wieder beides in sich zu vereinen suchen, Einsatzbereitschaft und den Hang zum angenehmen Leben, freiwilligen Verzicht und Lebensgenuß, Todessehnsucht und Lebensbejahung.

Die kindliche Vision vom schönen frommen Tod verschwindet jedoch in dem Maße, wie das wirkliche Leben vom wirklichen Tod bedroht wird. 1917 werden die großen Brüder eingezogen. Über Vaters Beziehungen könnten sie sich der unmittelbaren Gefahr entziehen, aber sie melden sich zur Infanterie, »weil dort die Not am größten ist«[7].

Im April 1918 wird Walter Bonhoeffer schwer verwundet. Drei Stunden vor seinem Tod diktiert er einen Brief nach Hause: »Meine Technik, an den Schmerzen vorbeizudenken, muß auch hier herhalten. Doch gibt es in der Welt interessantere Sachen als meine Verwundung. Der Kemmelberg und das heute besetzt gemeldete Ypern gibt uns viel zu hoffen ...«[8]

In diesen Zeilen kommt alles zusammen, was die Bonhoeffersche Erziehung ausgemacht hat: die Beherrschung des Affektiven und die selbstverständliche Erfüllung dessen, was man für seine Pflicht hält. Es ist nur logisch, daß sich auch Karl Bonhoeffer seinen Schmerz nicht anmerken läßt. Wie tief er getroffen ist, zeigt sich erst später, als sich herausstellt, daß er das traditionelle Familientagebuch zehn Jahre lang nicht weiterführen kann.

Das, was er selbst sich an Gefühlen nicht leisten kann, überläßt er auch diesmal so vollständig seiner Frau, daß es ihr fast zuviel wird. Paula Bonhoeffer lebt ihren Schmerz aus, auf eine Weise, die der Familie unheimlich wird. Wochenlang wird sie bei einer befreundeten Familie in der Nachbarschaft untergebracht.

Dietrich ist tief getroffen vom Tod des Bruders und vom Schmerz der Mutter. Der Krieg hat einer scheinbar heilen Welt ein Ende bereitet. Die Bilder aus der »guten alten Zeit« sind nicht wiederherstellbar. Dietrich wird sich den Krisen und Konflikten einer veränderten Welt stellen. Aber er wird lange nicht aufhören, Sehnsucht zu haben nach den intakten Ordnungen einer vergangenen Welt.

Wissen, wo man steht

1919–1923

Am 24. Juni 1922 hören die Schüler des Grunewald-Gymnasiums Schüsse von der nahegelegenen Königsallee. Wenig später erfahren sie, daß Walther Rathenau, der Außenminister der Weimarer Republik, von Angehörigen der rechtsextremen Organisation »Consul« erschossen worden ist. Einer der Gymnasiasten ist der sechzehnjährige Dietrich. Über seine Reaktion berichtet ein Mitschüler: »Ich erinnere mich noch des leidenschaftlichen Entrüstungsausbruchs meines Freundes Bonhoeffer. Ich erinnere mich, daß er fragte, wo denn Deutschland hinkommen solle, wenn man ihm seine besten Führer ermorde. Ich erinnere mich daran, weil ich es bewunderte, daß man so genau wissen konnte, wo man stand.«[1]

Wissen, wo man steht, ist nicht leicht im Jahre 1922. Die Revolution von 1919 hatte den Kaiser ins Exil geschickt und die Weimarer Republik hervorgebracht. Aber die meisten Zeitgenossen empfinden die erste demokratische Ordnung auf deutschem Boden eher als Unordnung. Tatsächlich ist die Republik nicht stabil. In Heer, Verwaltung und Justiz halten sich die Anhänger der Monarchie. Zusammen mit den neuen rechtsextremen Gruppen wollen sie das Rad der Geschichte zurückdrehen. Auf den Straßen und in den Betrieben drängt die Arbeiterbewegung auf die überfällige soziale Revolution. Zwischen rückwärtsgewandten und vorwärtsdrängenden Kräften können die Sozialdemokraten und die bürgerlichen Parteien sich nur mühsam behaupten. In den sozialen Kämpfen setzen sie rechtsgerichtete Truppen gegen Links ein. Karl Liebknecht und Rosa Luxemburg werden von Angehörigen des Reichscorps ermordet. Der Mord bleibt ungesühnt; die Justiz ist auf dem rechten Auge blind.

Weiterer Konfliktstoff kommt von außen. Der Friedensvertrag von Versailles hat Bedingungen diktiert, die von der deutschen Bevölkerung als ungerecht und ruinös empfunden werden. Rathenau gehörte zu den Politikern, die diesen Friedensvertrag anerkannt haben. Er war ein Realist, auf Ausgleich und Aussöhnung in Europa bedacht – für die Rechte, die auf Revanche setzt, ein »Erfüllungspolitiker«, der beseitigt werden mußte.

Die Bonhoeffers teilen die allgemeine Ablehnung des Versailler Vertrages. Doch sie respektieren die neue demokratische Ordnung. Die Auseinandersetzungen von 1919 haben auch im Familienverband stattgefunden. Karl-Friedrich und Klaus, die als Soldaten den gesellschaftlichen Umbruch außerhalb ihres familiären Sozialgefüges erlebt haben, sind mit neuen Erfahrungen und Ansichten nach Hause gekommen. Karl-Friedrich ist Sozialist geworden, »er möchte sich irgendwie an der Sache beteiligen, aber Mama und Papa sind noch nicht ganz damit einverstanden«[2], schreibt Dietrich im Januar 1919 an die »Großmama«. Aber Mama und Papa sind verständnisvoll genug, um ihren »Roten« gegen die adlige Verwandtschaft im Baltikum zu verteidigen, wo Onkel Rüdiger Graf von der Goltz die Truppen seiner ehemaligen Ostseedivision gegen die »Bolschewisten« einsetzt. Später, als die Bonhoeffers sich selbst staatsfeindlich betätigen, wird der Name des erzkonservativen Kommunistenfressers zum Codewort für »Krieg«: »Onkel Rudi geht es etwas besser, aber ich glaube, er wird es nicht mehr lange machen«[3], schreibt Dietrich 1942 seiner Schwester Sabine ins Exil nach England.

Klaus ist zu Beginn der zwanziger Jahre Jurastudent und engagierter Demokrat. Er schreibt 1922 an seinen Freund und späteren Schwager Hans von Dohnanyi über seine Mitstudenten in Heidelberg: »Ich habe sie jetzt in politischer Hinsicht kennengelernt, aber wenn ich daran denke, habe ich Brechgefühle. Neulich sprach Professor Goetz über ›Der Student und die neue Zeit‹ auf demokratischer Grundlage. Da haben die Studenten gegrölt, gescharrt und ihn persönlich angepöbelt. Mir merkte man sehr wohl an, daß ich entsetzt war. Jedenfalls bekam ich mit meinem Hintermann – einem blöden Monokelleutnant a. D. – einen Ramsch. Es ist trübselig, wenn man sieht, wie die Leute, auf die man doch für die Zukunft baut, nur räsonnieren, ewig rückwärtsgewandt auf die Zeiten von 70/71 und selbst das nur in leerer Pose ... Hans, denk doch, daß wir es mit den Brüdern später zu tun haben werden ...«[4] Hans und Klaus werden 1945 Opfer der Nazijustiz.

Dietrichs Brüder und ihre Freunde, von denen einige zu Schwägern werden, bringen eine wichtige Erkenntnis in die Familiendiskussion ein: daß man die Verantwortung für die Entwicklung in Deutschland nicht den antidemokratischen Kräften überlassen dürfe. Der neue Staat braucht und hofiert die alte Bildungselite, und die Bonhoeffers sind aufgeschlossen genug, neue Zeitungen zu abonnieren und die Demokratie zu unterstützen – solange sie auch in ihr eine führende Rolle spielen. Daß man auch in der Republik weiß, wer man ist, steht außer Zweifel. Dietrichs Brüder machen Karriere, alle Geschwister verheiraten sich standesgemäß, und er selbst ist der Konservativste von allen, ein ausgesprochener Ordnungsmensch, der nach dem Mord an Rathenau schreibt: »Ein Schweinevolk von Rechtsbolschewisten. Bloß, weil er einem Gecken, einem blödsinnigen, nicht behagt, wird so einer umgebracht!«[5]

Dietrich hat ein einfaches politisches Weltbild. Bolschewismus ist Unordnung, die Macht der Straße, die Umkehrung von unten nach oben. Auch in der Demokratie kommen die »besten Führer« aus der Welt, zu der er gehört und die ihm vertraut ist. Dietrich, der bis zum Ende seiner Schulzeit kaum aus den großbürgerlichen Vierteln des Berliner Südens herauskommt, kann nicht begreifen, warum man in den Elendsvierteln des Nordens, im Wedding und am Prenzlauer Berg, auf die Straße geht und die Verhältnisse ändern will.

Weiß er, wo er steht? Es scheint eher so, daß er weiß, wo er herkommt und was er seiner Herkunft schuldig ist. Unkritischer als seine Brüder übernimmt er die konservativen Ansichten seines Vaters über die Notwendigkeit führender Eliten. Karl Bonhoeffer, der es sich leisten kann, bei einem Maskenball im eigenen Haus unerkannt als Lohndiener zu fungieren, ist auch in der Republik der Herr Geheimrat und unbestritten die Leitfigur seines jüngsten Sohnes, der immer noch mehr als die anderen um Vaters Anerkennung kämpfen muß.

Dietrich tut sein Bestes. Unter Vaters Einfluß sei die »Hinwendung vom Phraseologischen zum Wirklichen«[6] erfolgt, schreibt er später. Den Eltern schickt er einen Brief in die Ferien: »Unser Direktor hat uns wieder mal ganz blödsinnige Aufsätze gegeben … Was mir die Bäume erzählen. Da will er natürlich furchtbares Phrasenzeug haben. Ich laß mir aber von Christel den Aufsatz machen und zwar ganz wissenschaftlich über Anatomie und Physiologie der Bäume.«[7]

Das liegt ganz auf der Linie des Vaters. Dabei ist schwer zu sagen, was Dietrich als Heranwachsender alles in sich zu unterdrücken lernt an Phantasie und Emotionalität. Andererseits lassen sich diese Fähigkeiten auf die Dauer nicht verdrängen; sie suchen sich neue Wege und Ausdrucksformen. Ein Ventil ist die Musik, ein anderes die Religion. Überlegungen zur Berufsorientierung gehen in beide Richtungen, aber Dietrich entscheidet sich schon früh dafür, Theologe zu werden. Das ist auch in seinem Abiturzeugnis vermerkt, das er 1923 mit den besten Noten – Ausnahme: Handschrift nicht genügend! – erhält.

Im letzten Schuljahr werden die künftigen Abiturienten nach ihren Berufswünschen gefragt. Auch diese Szene schreibt Dietrich später auf: »Er wurde rot, als er eines Tages in der Prima auf die Frage seines Lehrers leis' antwortete, Theologie wolle er studieren. Der Junge hatte diesen Augenblick tief in sich hineingesogen. Es war etwas Außerordentliches geschehen, und er genoß dies Außerordentliche tief und schämte sich zugleich ... Jetzt hatte er es ihnen allen gesagt, jetzt mußten sich ihm innerlich die Rätsel seines Lebens lösen. Jetzt stand er feierlich vor seinem Gott, vor seiner Klasse, jetzt war er der Mittelpunkt. Ob er jetzt auch so aussah, wie er es sich gewünscht hatte, die Züge ernst und entschlossen? Und er schämte sich wiederum, denn er wußte um seine erbärmliche Eitelkeit.«[8]

Wie sehr die Entscheidung für die Theologie in die Auseinandersetzung mit der Familie und besonders dem Vater hineingehört, macht diese Szene deutlich.

Dietrich hat einen Weg gefunden, etwas Eigenes, etwas Besonderes zu sein. Vor allem aber macht er den ersten Schritt, sich von der Welt des Vaters abzusetzen, einen eigenen Standpunkt zu suchen, um irgendwann wirklich zu wissen, wo er steht.

Verstehen, was Kirche ist

1923–1924

»Jedes Essen kostet 1 Milliarde. Für Brot habe ich 6 Milliarden geben müssen. Margarine kostet 20 M. Außerdem habe ich 35 M. für die Universitätsgebühren zu bezahlen. Die Wäsche kostet ungeheuer. 1 steifes Hemd vor ein paar Tagen 15 M.«[1]

Dietrich hat 1923 sein Theologiestudium begonnen. Trotz der Inflation finanzieren ihm die Eltern zwei Semester in Tübingen. Dort hat der Vater studiert. Alle Söhne sollen den Studienanfang dort verbringen.

Dietrich verfolgt gewissenhaft Vaters Spuren. Wenn er schon so anders ist, als er sein soll, will er sich in seinem Lebensstil am wenigsten von ihm absetzen. Er wird Mitglied in Vaters Verbindung, dem »Igel«. Seine Brüder hatten Verbindungen überholt gefunden.

Dietrich ist ganz der junge Mann aus gutem Hause, ein »gewandter Gesellschafter« und schon »ganz der Mann der geistig bewegten Welt«, wie Bundesbrüder später berichten. Um das Essen und die Wäsche braucht er sich nicht zu kümmern. Er wird es nie lernen!

Was aber ist mit dem anderen, der Identitätsfindung, der Lösung der »Rätsel seines Lebens«, die er sich doch von der Theologie erhoffte? Warum findet man ihn nun überall – nur nicht in der Kirche?

Dietrich ist allerdings, was man einen frommen Menschen nennt, aber auf eine Art und Weise, die in kein Schema paßt. Bei ihm fehlt, was die Mehrzahl der Theologiestudenten selbstverständlich mitbringt: die kirchliche Sozialisation. Obwohl es Pfarrer in der Verwandtschaft gibt, sind die Bonhoeffers der Kirche nicht sonderlich verbunden. Karl Bonhoeffers Rationalismus und Paula Bonhoeffers Vitalität sperren sich gegen eine Kirche, in der »unter den Talaren der Muff von tausend Jahren« sitzt. Der alte Empiriker Karl Bonhoeffer hat darüber hinaus auch die Religion mehr oder weniger für sich ad acta gelegt. »Davon verstehe ich nichts«, soll er oft mit nicht zu überhörender Ironie gesagt haben. Religion ist, so wie die unbestimmbare Welt der Gefühle, Frauensache.

Paula Bonhoeffer ist tief religiös, aber die aufsässige Pfarrerstochter von einst schickt ihre Kinder nicht in die Kirche. Sie übernimmt selbst die religiöse Erziehung. Mit der Bilderbibel, die hochromantisch im Nazarenerstil Schnorr von Carolsfelds illustriert ist, macht sie die Kinder mit dem wechselvollen Leben der biblischen Geschichten bekannt. Sie hinterlassen einen tiefen Eindruck, vor allem bei Dietrich. Er liest vor dem Einschlafen freiwillig in der Bibel weiter, während Klaus seine Abenteuergeschichten in den Bibeleinband schmuggelt. Die Erzieherin kommt aus der frommen

Herrnhuter Brüdergemeine. Sie wird das nächtliche Bibellesen nicht verbieten.

Dietrichs Religiosität ist sehr gefühlsbetont. Er unterscheidet »rote Lieder« und »schwarze Lieder«. »Jesu geh' voran, auf der Lebensbahn« ist ein rotes Lied; »Nun danket alle Gott« ist ein schwarzes Lied. Schwarze Lieder sind Lehre und Kirche, rote Lieder sind Leben und Glaube.

Der Vater ist nicht gerade glücklich über Dietrichs Entschluß, Theologie zu studieren. Eigentlich habe er ihn für zu klug dafür gehalten, gibt er später zu. Theologie hat kein hohes Prestige in Berliner Akademikerkreisen. Theologie ist etwas für Aufsteiger und für solche, bei denen es für eine wissenschaftliche oder politische Karriere nicht langt. Auch die Brüder sparen nicht mit kritischen Kommentaren. Für sie ist die Kirche ein kleinkarierter, rückwärtsgewandter Verein. »Dann werde ich eben die Kirche reformieren!« soll Dietrich darauf gesagt haben.

Doch nun, in den ersten theologischen Studiensemestern, scheint es, als habe er sich zuviel vorgenommen. Der Theologiestudent Dietrich Bonhoeffer ist von Anfang an ein Außenseiter. In der kirchlichen Welt ist er nicht zu Hause. In der Welt, aus der er kommt, steht er am Rand. Sein späterer Freund Eberhard Bethge, der ihn wohl am besten kennengelernt hat, sagt rückblikkend: »Weil er einsam war, wurde er Theologe, und weil er Theologe war, wurde er einsam.«[2] Er ist nirgends ganz integriert; auf der Suche nach dem eigenen Standort wandert er zwischen den Welten.

In den ersten beiden Tübinger Semestern scheint er an diesem Punkt nicht weiterzukommen. Das Theologiestudium hat auch nur indirekt mit den existentiellen Fragen zu tun, die Dietrich beschäftigen. Die Theologische Fakultät bietet Religionsgeschichte, Kirchengeschichte und Philosophie. Dietrich studiert das alles ganz im Sinne seiner bildungsbürgerlichen Herkunft. Wissenschaft und Kultur stehen im Mittelpunkt, auf möglichst breiter Basis und auf denkbar hohem Niveau. Doch die Existenzprobleme drängen im Unterbewußten weiter.

Möglicherweise ist ein Unfall beim Eislaufen Ausdruck dieser inneren Krise. Beunruhigt darüber, daß Dietrich danach immer wieder Ohnmachtsanfälle bekommt, reisen die Eltern an. Sie versprechen ihm einen Studienaufenthalt in Rom.

Als er Anfang April 1924 zusammen mit Klaus losfährt, kennt er den Baedeker auswendig. Am Brenner schreibt Dietrich in sein Reisetagebuch: »Die Phantasie fängt an, sich in Wirklichkeit zu verwandeln.«[3]

Normalerweise ist Dietrich kein Tagebuchschreiber. Aber auf Reisen hat er oft seine wichtigsten Eindrücke festgehalten. So können wir heute nachvollziehen, was sich bei ihm auf dieser Reise getan hat. Denn die Erlebnisse in Rom bringen ihn einen großen Schritt voran.

Zunächst einmal sieht es ganz nach einer Bildungs- und Abenteuerreise aus. »Wir wohnen in einem sauberen Haus in unmittelbarer Nähe des Pincio ... Unsere Wirtsleute sprechen nur Italienisch, was mir sehr gelegen ist.« Und einige Tage später: »Nach Hause gekommen fand ich unsere Rechnung vor, die mich sehr entzückte, denn sie war um 1/3 kleiner als ich gedacht hatte ... Vor Freude gingen wir in eine Trattoria an der Fontana Trevi und tranken einen ausgezeichneten Vino Bianco und aßen Landkäse. Dann wieder mal aufs Forum, wo ich auf einer umgestürzten Säule eine Stunde in herrlichsten Träumen zubrachte, davor nur die drei Säulen des Castor- und Polluxtempels, außerdem einen guten schweren Landwein im Magen; alles das verhalf zu einer herrlichen Stunde, die mich ganz in die Antike versetzte ... Es ist schon wieder 1/2 11 Uhr geworden, eben habe ich noch ein Viertelchen Wein mit Klaus zusammen getrunken – Morgen früh Messe in der Peterskirche, ich freue mich sehr.«[4]

Was Dietrich dann an diesem Palmsonntag erlebt, liest sich so: »Heute vormittag Messe in St. Peter, von einem Kardinal gehalten ... Am Altar standen außer dem Kardinal noch viele hohe Geistliche, Seminaristen, Mönche. Fabelhaft wirkt die Universalität der Kirche, Weiße, Schwarze, Gelbe, alle in geistlichen Trachten vereint unter der Kirche, scheint doch sehr ideal. Bei der großen Prozession wurden die Palmen gesegnet: große, gelbe, geflochtene Zweige ... herrlich war das Credo des Chors ...

Sonntagnachmittag in Trinità dei Monti. Es war fast unbeschreiblich. Um 6 Uhr kamen etwa 40 junge Mädchen, die Nonnen werden wollen, in feierlichem Zuge hineingezogen. Die Orgel setzt ein und mit unglaublicher Einfachheit und Anmut singen sie mit großem Ernst ihren Vespergesang ... Das Ganze machte einen unerhört unberührten Eindruck tiefster Frömmigkeit. Als sich nach dem halben Stündchen die Tür wieder öffnete, hatte man den herrlichsten Blick über die Kuppeln von Rom bei untergehender Sonne. Ich ging nun noch etwas auf dem Pincio spazieren. Der Tag war herrlich gewesen, der erste Tag, an dem mir etwas Wirkliches vom Katholizismus aufging ... ich fange, glaube ich, an, den Begriff ›Kirche‹ zu verstehen.«[5]

In Rom kommt für Dietrich zusammen, was bisher getrennt war: Kirche und Glaube, Lehre und Leben. Er erlebt eine Frömmigkeit, die die Sinne nicht ausschaltet oder abstößt. Und er lernt eine Kirche kennen, die universal ist und zugleich dem persönlichen Glauben eine verbindliche Ordnung und eine sichtbare Form gibt.

Diese Erkenntnis hilft Dietrich weiter. Er ahnt zugleich, was an seiner eigenen Kirche nicht stimmt: »Sie war allzu lange die Herberge der ungebildeten Aufklärung«, bürgerlicher Erbauungs- und nationaler Jubelverein. Dietrich muß sich nun nicht mehr in die Grenzen dieser Kirche schicken.

Später wird er seine Kirchenkritik aus dieser Perspektive heraus formulieren. Zunächst aber ist er endlich frei und aufgeschlossen für neue Erfahrungen. Zusammen mit dem abenteuerlustigen Klaus fährt er nach Sizilien; dort nutzen die beiden spontan eine günstige Gelegenheit, für zehn Tage nach Afrika überzusetzen.

In Dietrichs Tagebuch kommt in dieser Phase häufig der Gedanke vor, wie wichtig es sei, die Phantasie durch die Anschauung der Wirklichkeit zu ersetzen. »Man kann über ein Land lesen, was man will: es bleibt jede Vorstellung gleichsam ein Gemälde in herrlichsten Farben, aber auf heimatlicher Leinwand gemalt; wenn nun erst dieser heimatliche Hintergrund fehlt, sind auch die herrlichsten Farben nichts mehr, und so steht man im Orient, wenn erst einmal heimatliche Vorurteile gefallen sind, vor etwas ganz und gar Neuem, mit unseren Maßstäben Unmeßbarem ...«[6] In Tripolis wird diese Horizonterweiterung beinahe bedrohlich: »Es war, als seien in Afrika in ein noch ganz leeres Gefäß ungeheure Mengen schwersten Materials geworfen und dieses Gefäß sei nicht genügend fundiert und drohe, wenn nicht bald Unterstützung kommt, durchzubrechen. Bald aber ist wirkliche Unterstützung durch eingehende Studien vonnöten, damit nicht die Katastrophe geschieht; denn es ist ungeheuer, was man gesehen hat.«[7]

Dietrich, der sich seine festgefügte, ordentliche Welt so lange wie möglich zu erhalten suchte, spürt, wie ihn das nach anerzogenen Maßstäben »Unmeßbare« aus der Bahn zu werfen droht. Obwohl er sich ungern von Italien trennt, drängt es ihn zurück nach Berlin, auf vertrauten Boden, auf dem er seine Erfahrungen aufarbeiten muß.

Die Eltern ahnen wohl kaum, was in ihm vorgeht, als er am Ende seiner Reise von Rom aus nach Hause schreibt: »Mir ist in den letzten Wochen hier so vieles aufgefallen, was ich noch viel allgemeiner studieren möchte, wozu ich hier vielleicht doch nicht so käme, und so freue ich mich doch wieder sehr auf Berlin.«[8]

Er kommt so rechtzeitig, daß er sich noch für das Sommersemester 1924 in Berlin immatrikulieren kann. Das aufwühlende und befreiende Erlebnis der Reise kann er offenbar nur durch Arbeiten verkraften. Aber sein Studium hat nun eine Perspektive. Dietrich wird nicht mehr loskommen von der Frage, was wirkliche, lebendige Kirche ist.

Gemeinschaft der Heiligen

1925–1927

Daß das Berlin der zwanziger Jahre nicht unbedingt der Ort ist, an dem man festen Boden unter die Füße kriegt, wird Dietrich nach seiner Rückkehr sehr bald klar. Alte Ordnungen sind zerbrochen, überkommene Werte fragwürdig geworden. Man streitet sich über alles: über die Zukunft der Republik, den Bubikopf für Frauen und den Wert der Freikörperkultur. Man ist für oder gegen die Enteignung der Fürsten, das neue Stück von Bertolt Brecht oder den Antikriegsroman »Im Westen nichts Neues«. Und an der Theologischen Fakultät der Berliner Universität debattiert man darüber, worin das Existenzrecht der Theologie und der Kirche besteht, das bis vor kurzem noch so selbstverständlich schien.

1923 war in der Zeitschrift »Christliche Welt« ein Artikel mit der Überschrift »Fünfzehn Fragen an die Verächter der wissenschaftlichen Theologie unter den Theologen« erschienen. Adolf von Harnack, der große alte Mann der Berliner Fakultät, Mitverfasser der Weimarer Reichsverfassung und renommierter Kirchenhistoriker, sieht darin das Ende der Vernunft unter den Theologen gekommen:

»Wenn es gewiß ist, daß alles Unbewußte, Empfindungsmäßige, Numinose, Fascinose usw. so lange untermenschlich bleibt, als es nicht von der *Vernunft* ergriffen, begriffen, gereinigt wird, wie darf man diese Vernunft schelten, ja ausmerzen wollen? Gibt es noch eine andere Theologie als jene, die in fester Verbindung und Blutsverwandtschaft steht mit der Wissenschaft überhaupt?«[1]

Das ist gegen eine neue Sturm-und-Drang-Bewegung gerichtet, die sich unter dem Theologennachwuchs breitmacht. Sie nennt sich »dialektische Theologie«; ihr Protagonist heißt Karl Barth. Er ist es sich und seiner Gemeinde schuldig, die Fehde mit Harnack aufzunehmen:

»Wenn die Theologie wieder den Mut zur Sachlichkeit bekäme, den Mut, Zeuge des Wortes von der Offenbarung, vom Gericht und von der Liebe Gottes zu werden, so könnte es ja auch so sein, daß die ›Wissenschaft überhaupt‹ nach ›fester Verbindung und Blutsverwandtschaft‹ mit der *Theologie* ausschauen müßte statt umgekehrt ...«[2]

Dietrich beteiligt sich mit Leib und Seele an dieser Diskussion. In der Kontroverse zwischen Barth und Harnack ist sein eigenes Dilemma abgebildet. Harnack ist Grunewald, Vaters Professoren-Mittwochskreis, bürgerlich-humanistische Gelehrsamkeit, Versöhnung von Theologie und empirischer Wissenschaft. Barth ist Schweizer Arbeitergemeinde, Sozialdemokratische Partei, Existenzfrage des christlichen Glaubens, Abgrenzung von Theologie, Kirche und Bildungsbürgerlichkeit. Der eine ist Dietrich, der dem Vater und den Brüdern seine akademische Seriosität plausibel machen will, der andere ist Dietrich, der mit der Theologie einen eigenen, einen anderen Zugriff zur Wirklichkeit sucht.

Aber es geht nicht nur um Dietrichs Theologenidentität. Es geht um die Frage, was die Kirche zur Kirche macht.

Mit dieser Frage hatte Karl Barth, inzwischen Professor in Göttingen, die deutschen Theologen aufgeschreckt. Der Pfarrer aus dem Kanton Basel, der sich jede Woche neu mit der Frage herumgeschlagen hatte, ob er denn am Sonntag etwas wirklich Wichtiges zu sagen habe, war zu der Erkenntnis gekommen, daß allein das »ganz andere« Wort Gottes die Kirche retten kann. Die Kirche, sagt Barth, hat zu viele falsche Kompromisse gemacht. Um im wahrsten Sinne des Wortes »salonfähig« zu werden, hat sie die herrschende Kultur und Gesellschaftsordnung unkritisch akzeptiert und religiös überhöht. Dieser »Kulturprotestantismus« war unfähig, den Krieg zu verhindern und die soziale Frage zu stellen. Er repräsentiert die Sorte von Religion, die Ludwig Feuerbach als eine Erfindung des Menschen bezeichnet. Eine Kirche, die so wenig kritische Distanz zu den Machteliten des Kaiserreiches aufbrachte, hat mit dessen Ende einen großen Teil ihrer Legitimation verloren. Die einzige Chance für einen

Neubeginn besteht in der Besinnung auf den in der Schrift bezeugten Willen Gottes, der menschlichen Macht- und Ordnungsvorstellungen entgegensteht.

Es ist kein Wunder, daß junge Theologen in Deutschland diesen Gedanken begierig aufgreifen. Denn die Kirche ihrer Väter und Großväter hat gründlich abgewirtschaftet. Solange der Kaiser »von Gottes Gnaden« die alte Ordnung garantierte, hatte die Kirche sich keine Sorgen um ihr Existenzrecht machen müssen: Als Staatskirche war sie Teil des herrschenden Machtapparats, auch wenn sie in großen Teilen der Bevölkerung, vor allem bei den Arbeitern und der kritischen Intelligenz, ihren Einfluß längst verloren hatte. Wie weit sie tatsächlich schon im Abseits steht, merkt vor allem die evangelische Kirche erst nach der Revolution. Die Reaktionen auf Privilegienverlust und Austrittsbewegungen sind unterschiedlich. Der größte Teil der Pfarrerschaft sehnt die Monarchie zurück und wählt deutschnational. Ein kleiner Teil will die Kirche rechtlich und politisch in der neuen demokratischen Verfassung verankern und damit ihren öffentlichen Auftrag absichern. Die dialektische Theologie wittert in beidem eine falsche Verbindung von Kirche und Staat; sie will die Kirche nicht entpolitisieren, sondern zum unabhängigen Handeln auch gegenüber dem Staat befreien.

Dietrich, immer noch beschäftigt mit der Suche nach dem eigenen Standort und umgetrieben von der Frage nach dem Wesen der Kirche, ist von Barths Gedanken fasziniert. Der knapp zwanzigjährige Theologiestudent ist selbstbewußt genug, Barth Harnack gegenüber zu verteidigen.

»Ich erlebte, daß da ein junger blonder Student dem verehrten Polyhistor, der Exzellenz von Harnack, widersprach, wieder und wieder. Ich weiß nicht mehr recht den Gegenstand der Diskussion – es war von Karl Barth die Rede – aber ich erinnere mich noch der heimlichen Begeisterung, die ich empfand für das freie, kritische und selbständige Denken in der Theologie«[3], schreibt ein damaliger Kommilitone in seinen Erinnerungen an Dietrich.

Freilich, ganz so einfach ist die Entscheidung für die dialektische Theologie auch wieder nicht. Denn Dietrich hängt an der Welt, die er gerade in Frage zu stellen versucht. Er, der in seiner Familie geistig und emotional verankert ist wie kein anderer, kann die bürgerliche Weltzugewandtheit der Bonhoeffers nicht einfach ablegen. Er sucht Distanz, aber auch Vermittlung; er will weg und bleiben zugleich. Erst viel später wird Dietrich diesen Konflikt in seiner Theologie fruchtbar machen können. Vorerst ist er hin- und hergerissen zwischen der Welt, aus der er kommt, und einer Theologenexistenz, die Schluß macht mit jeder bürgerlichen Sicherheit.

Er versucht es zunächst mit einem Kompromiß. Ausgerechnet bei Reinhold Seeberg, der wie kaum ein anderer an der Fakultät die unheilige Allianz von Kulturprotestantismus und Rechtskonservativismus repräsentiert, meldet er zu Beginn des Wintersemesters 1925/26 seine Doktorarbeit an. Das Thema lautet: »Sanctorum Communio – eine dogmatische Untersuchung zur Soziologie der Kirche«.

Sanctorum Communio bedeutet »Gemeinschaft der Heiligen« und deutete schon in der altkirchlichen Dogmatik die Andersartigkeit, das Ausgesondertsein der Christen an, die in der Welt, aber nicht mehr nach den Gesetzmäßigkeiten der Welt leben. Auf diesen urchristlichen Anspruch hatte Karl Barth die Kirche wieder aufmerksam gemacht. Auch Dietrich nimmt diesen Gedanken auf, stellt aber eine weitere Überlegung an: Auch wenn die Kirche ihren Ursprung nicht in der Welt hat, so hat sie doch eine weltliche soziale Gestalt. Er stellt fest, daß die Kirche von »Gott gestiftet und doch empirische Gemeinschaft wie jede andere auch ist«[4]. In ihr lebt »Christus als Gemeinde existierend« weiter. Sie muß Distanz zur Welt wahren und sich zugleich verantwortlich in ihr und zu ihr verhalten.

Junge Theologen neigen dazu, die großen Gegensätze in der kirchlichen Lehre mit dem genialen Entwurf eines »dritten Weges« für überholt zu erklären. Dietrichs Dissertation, die im August 1927 von der Fakultät angenommen wird, liegt ganz auf dieser Linie. Vor allem aber sollen hier Dietrichs zwei Seiten miteinander versöhnt werden, der dialektische Theologe und der empirische Wissenschaftler, der fromme Aussteiger und der gehorsame Bürgersohn. Das allerdings interessiert zum damaligen Zeitpunkt am meisten ihn selbst. Er hat Mühe, einen Verlag zu finden, der die Arbeit druckt. Bei den Theologen sitzt er wieder einmal zwischen allen Stühlen. Sein Vetter Hans-Christoph von Hase, Theologiestudent in Marburg, schreibt ihm: »Es werden nicht viele die Sache wirklich begreifen, die Barthianer wegen der Soziologie und die Soziologen wegen Barth.«[5]

Dietrich ist das egal. Nicht zum letzten Mal hat er die Theologie, die er entwickelt, an seine eigene Identitätsfindung und seine persönliche Existenzfrage angebunden. »Theologie im Vollzug« wird man das später nennen. Was der Theologe Dietrich Bonhoeffer denkt, ist Bewältigung seiner Lebenspraxis. Damit hängt auch zusammen, daß er wohl nie etwas gesagt hat, das er nicht auch zu leben versuchte.

Wie aber sieht das Leben des Studenten Dietrich Bonhoeffer aus? Wie lebt ein frühreifer Überflieger, der in drei Studienjahren acht Seminararbeiten und eine Dissertation schreibt, der in einem Alter Examen macht, in dem andere erst mit dem Studium anfangen?

»Den Tag über arbeite, übe, lese ich und gehe viel spazieren. Gestern waren Großmama, Suse und ich in der Fledermaus.« »Ich habe im Augenblick eine sehr interessante Arbeit: die Religionssoziologie von Max Weber ... habe nun nach dem Weber noch vor Troeltsch: Soziallehren der christlichen Ethik zu lesen und noch den Husserl zu Ende durchzuarbeiten, wenn ich zum Schluß noch Zeit habe, mir Schleiermacher gründlich vorzunehmen. Im ganzen werden es jedenfalls sehr schöne Ferien sein ...«[6]

Tatsächlich besteht Dietrichs Studentenleben fast ausschließlich aus dem Theologiestudium. Ein bißchen Kultur und Sport gibt es nebenbei, auch ein paar Tage Wandern mit einem Kommilitonen, »um mich, dem Schönheitsempfinden der Schwestern zu entsprechen, etwas dünner zu laufen; denn vom vielen Sitzen wird man wirklich ziemlich dick«[7]. Aber das, was die Studentenzeit sonst noch ausmacht, die Entwicklung eines eigenen Lebensstils, die Aufnahme neuer, außerfamiliärer Beziehungen, die Auseinandersetzung mit politischen Problemen, mit kulturellen und sozialen Experimenten, alles das bleibt merkwürdig außen vor. Dabei wimmelt es in Berlin von Leuten, die nach Alternativen suchen und neue Lebensformen ausprobieren, und auch die Familie Bonhoeffer bleibt davon nicht unberührt, daß sich die Zeiten und die Sitten ändern. Sabine heiratet ihren aus jüdischer Familie stammenden Freund Gerhard Leibholz, den die Eltern, zum Schrecken der konservativen Verwandtschaft, ohne Vorbehalte akzeptieren. Täten sie es nicht, kriege sie eben ein

Kind von ihm, dann müßten sie schon wollen, hatte Sabine außerdem erklärt.

Onkel Benedikt, Mutters jüngster Bruder, lebt in München mit einer kommunistischen Malerin zusammen. »Er war der Grund, daß die Eltern ihr Gespräch unterbrachen, wenn wir den Raum betraten«, erzählt Susanne.[8] Sie, die abenteuerlustige Jüngste, schleppt ihren Bruder auch schon mal auf Parties, bei denen man auf Kissen auf dem Boden sitzt, raucht und sich über Gott und die Welt unterhält. Aber Dietrich fühlt sich auf den Festen in der Familienvilla wohler, vor denen die Bediensteten des Hauses Blumensträußchen binden, die der Dame vor dem Tanz überreicht werden.

Er sei ein guter Tänzer und ein glänzender Unterhalter gewesen, sagen übereinstimmend Freunde und Verwandte. Doch sei es auch vorgekommen, daß er sich plötzlich aus dem Trubel zurückgezogen habe und nicht wiederaufgetaucht sei. Viele fühlen sich zu ihm hingezogen und bemühen sich um seine Freundschaft. Aber der freundliche und beliebte Dietrich läßt keinen zu nahe an sich heran. Außerhalb der Familie gibt es niemanden, den er duzt. Er hat keinen nahen Freund, und natürlich auch keine Freundin.

Nur andeutungsweise schreibt er später einmal davon, daß er unter seinen depressiven Phasen und seiner Einsamkeit gelitten habe. Aber Leiden und Depression offen zu zeigen ist bekanntlich schlechter Stil im Hause

Bonhoeffer. So muß Dietrich mit seiner Schwermut allein fertig werden, und er tut es unter anderem dadurch, daß er sich in die Arbeit stürzt.

Doch deutet sich in diesen Jahren noch eine andere Möglichkeit für ihn an, Distanz zu überwinden und Nähe, wenngleich in vermittelter Form, zuzulassen. Er beginnt, eine Kindergottesdienstgruppe und einen Jugendkreis zu betreuen, mit großem Erfolg: Die Kinder kommen in Scharen zu ihm. Als er am Ende seines Studiums Berlin verläßt, um als Vikar nach Barcelona zu gehen, schreibt er in sein Tagebuch: »Am nächsten ging mir wohl der Abschied aus der kirchlichen Arbeit ... Pfarrer Meumann nahm mich in sein allgemeines Gebet auf und – ist mir schon lange das Gemeindegebet eine Sache, die michs kalt überlaufen läßt, so unvergleichlich mehr, als die Schar der Kinder, unter denen ich zwei Jahre gewesen war, für mich eintrat.«[9]

Ungewöhnliche Töne für einen, der sich gern distanziert gibt und nur selten Gefühle äußert. Ist die »Gemeinschaft der Heiligen« auch der Ort, der Dietrichs Einsamkeit wenigstens partiell aufhebt?

Jedenfalls entscheidet er sich, zusätzlich zu seinem Universitätsabschluß auch das kirchliche Examen abzulegen. Dazu muß er außer den üblichen Arbeiten auch eine Examenspredigt einreichen. Sie findet wenig Anklang. Dietrich, der sich zeit seines Lebens mit Predigen schwertat, weil er hinter jedem Satz wirklich stehen wollte, kriegt bescheinigt: »Es ist dem Verfasser, der sicherlich einem starken Drang folgt, seinen Stoff zu meistern, anzuraten, fleißig Musterpredigten (Dryander, Conrad, Althaus usw.) zu studieren und sich vor erzwungenen oder gesuchten Gedankengängen zu hüten und in Erfassung des jeweils Wichtigsten schlichte, edle Einfalt zu pflegen ...«[10]

Der Vater schickt ihm das Zeugnis nach Barcelona, wobei sich der alte Agnostiker eine süffisante Bemerkung nun wirklich nicht mehr verkneifen kann: »Wir haben uns sehr über den Tenor der Konsistorialbeurteilung gefreut. Um den Ton der amtlichen Kirche zu lernen, wirst du wohl noch viele Probepredigten lesen müssen. Es ist anders als es bei mir war, wo mir Wernicke sagte: Lesen Sie nur keine psychiatrische Literatur, das macht nur dumm!«[11]

»Die Erde bleibt unsere Mutter«

1928–1930

Im Frühjahr 1928 kommt von Dietrich eine Karte aus Barcelona, auf der ein stolzer spanischer Torero im Kampf mit einem ebenso stolzen spanischen Stier zu sehen ist. Nur der Kopf des Stierkämpfers sieht ausgesprochen deutsch aus. Dietrich hat sich, ganz Spanientourist, hinter einer Stellwand fotografieren lassen und signiert: »Mit Matadorengruß«! Zur gleichen Zeit schreibt er an die Eltern: »Ich kann eigentlich nicht sagen, daß ich von der Sache so abgeschreckt wäre, wie viele Leute meinen, es ihrer mitteleuropäischen Zivilisation schuldig sein zu müssen ... In dem Ganzen tobt sich ein gewaltiges Stück Leidenschaft bei den Leuten aus, in die man selbst mit hineingezogen wird ... Hier ist der Rest uneingeschränkten leidenschaftlichen Lebens.«[1]

Daß Dietrich sein Lehrvikariat in Spanien absolvieren kann, verdankt er dem für die Berliner Kandidaten zuständigen Superintendenten Diestel. Der ist – und das will für die damalige Zeit etwas heißen – ökumenisch orientiert und hat eine Menge internationaler Kirchenkontakte. Er vermittelt Dietrich an die deutsche Gemeinde in Barcelona.

Am 15. Februar 1928 kommt er dort an und mietet

ein Zimmer bei zwei verarmten deutschen Damen. »Dietrich ist dort sehr gut untergebracht, wenngleich alles furchtbar primitiv ist. Die einzige Waschmöglichkeit für alle ist die Toilette, die sich von der D-Zugtoilette III. Klasse abgesehen davon, daß es nicht schaukelt, wenig unterscheidet«[2], schreibt Klaus von seinem Osterbesuch nach Hause.

Spanien ist drei Jahre vor Ausrufung der Republik und fünf Jahre vor Ausbruch des Bürgerkrieges ein Land, das noch halb im Mittelalter lebt. Der Feudalismus ist hier weder sozial noch kulturell überwunden und die katholische Kirche noch so deutlich die Hüterin der alten Ordnung, daß sogar Dietrich bemerkt, »daß hier wirklich einmal das dumme Schlagwort von der Volksverdummung durch die Religion eine gewisse Berechtigung hat«[3].

Barcelona, die Hauptstadt der eher frankreichorientierten Provinz Katalanien, ist auf diesem Hintergrund schon fast eine westeuropäische Metropole. Die dort lebende deutsche Gemeinde besteht hauptsächlich aus Kaufleuten und ihren Familien, die »der Kirche wohl ebenso positiv gegenüber(stehen) wie dem Sport oder der Deutschnationalen Partei«, und einem Pfarrer, dem »ein gutes Glas Wein und eine gute Zigarre lieber ist als eine schlechte Predigt!«[4]

Hier also erwartet Dietrich der unvermeidliche Praxisschock. Gemeindearbeit ist in den seltensten Fällen theologische Diskussion und geistliches Leben, sondern Pflege von Geselligkeit und Befriedigung jener religiösen Bedürfnisse, gegen die der Barthianer gerade noch heftig gewettert hat.

Der Lehrvikar versucht, den Stil ein wenig zu korrigieren. Er kurbelt den Kindergottesdienst an und hält Gemeindevorträge. Aber natürlich ist die Gemeinde nicht das, was er sich unter der »Sanctorum Communio« vorgestellt hat. Daß Dietrich trotzdem seiner Arbeit etwas abgewinnen kann, liegt daran, daß er sein kindliches Interesse an Menschen und ihrer Geschichte, seine unbefangene Offenheit für neue Eindrücke und andere Welten auch als Erwachsener nie verloren hat. Er ist ein guter Zuhörer, läßt sich, unter Wahrung seiner bekannten freundlichen Distanziertheit, ein Stück weit in die Lebensgeschichte seiner Gemeindeglieder hineinnehmen und hört sich bereitwillig all jene an, die beim »deutschen Hilfsverein« um Unterstützung nachsuchen: »Weltenbummler, Vagabunden, geflüchtete Verbrecher, viele Fremdenlegionäre, Löwen- und sonstige Tierbändiger, die dem Zirkus Krone auf seiner Spanienreise durchgebrannt sind, deutsche Tänzerinnen auf hiesigen Varietébühnen, deutsche verfolgte Fememörder – die einem alle ihre Lebensschicksale bis ins Detail berichten.«[5]

Das alles bringt ihn im übrigen auch von den Höhen der dialektischen Theologie wieder auf die Erde zurück. In einem Gemeindevortrag sagt er: »Der Mensch, der die Erde verlassen will, der heraus will aus der Not der Gegenwart, der verliert die Kraft, die ihn durch ewige geheimnisvolle Kräfte immer noch hält. Die Erde bleibt unsere Mutter, wie Gott unser Vater bleibt ...«[6]

Doch diese Rückbesinnung auf die Erde hat auch ihre Schwierigkeiten. Dietrich, der sich so viele Gedanken über die Kirche gemacht hat, hat sich um die politische und soziale Ethik bisher wenig gekümmert. Deshalb übernimmt er in seinem Vortrag über die »Grundfragen einer christlichen Ethik« noch ganz lutherisch eine Einstellung, die im deutschen Protestantismus Allgemeingut ist und die noch eine üble Rolle spielen wird. Sie lautet etwa so: Die Welt hat ihre eigenen Gesetze, die die Kirche zu achten hat, auch wenn sie nicht mit dem Evangelium übereinstimmen. Man beruft sich dabei auf Martin Luther, der in seiner Lehre von den zwei Reichen und den zwei Regimenten gegen die Vermischung von kirchlicher und staatlicher Macht im Mittelalter gefordert hatte, daß die weltliche Macht – Recht, Politik, Ökonomie – nicht für kirchliche Zwecke und die geistliche Macht – Predigt, Gemeinde, Sakrament – nicht für weltliche Zwecke mißbraucht werden dürfe. Das war damals eine fortschrittliche Position, denn sie beinhaltete die Forderung nach Glaubens- und Gewissensfreiheit und die Säkularisierung der weltlichen Institutionen. Was aus Luthers differenzierter Lehre in der lutherischen Kirche in Deutschland später geworden ist, läßt sich auf die Formel bringen: Die Kirche soll das Evangelium verkünden, aber sich nicht in die Politik einmischen.

Diese bis heute weit verbreitete Meinung führt unweigerlich dazu, die angebliche Eigengesetzlichkeit der Welt unangetastet zu lassen. So landet denn auch Dietrich, der später ganz anders darüber denken wird, in seinem Vortrag bei dem relativen Recht des Stärkeren in Politik und Wirtschaft und bei der Feststellung, daß Krieg zwar Sünde, aber doch unvermeidlich sei. Karl Barth hätte mit den Zähnen geknirscht, hätte er das gehört. Denn Barth hatte die Vermischung von Kirche und Staat ebenfalls abgelehnt, doch eine völlig entgegengesetzte Konsequenz daraus gezogen. Wenn Gott »nicht Religionsgeschichte begründen, sondern Herr unseres Lebens sein will«[7], dann bleibt kein Lebensbereich von diesem Herrschaftsanspruch ausgesondert, auch nicht der politische. Allerdings bedient sich die Herrschaft Christi nicht politischer Machtmittel, sondern bleibt kritisches Element gegenüber jeder etablierten menschlichen Herrschaft.

So weit hat Dietrich zu dieser Zeit noch nicht mit Karl Barth mitgedacht. Das mag daran liegen, daß sein Interesse immer noch sehr eng um den individuellen, also im Grunde seinen eigenen Glauben, seine eigene Identität kreist.

Am 17. Februar 1929 ist Dietrich wieder in Berlin. Sein Habilitationsthema hat er schon in der Tasche:

»Akt und Sein – Transzendentalphilosophie und Ontologie in der systematischen Theologie«.

Ein Jahr später legt er die Arbeit der Theologischen Fakultät vor. Wieder geht es um die Frage, wie der »ganz andere«, unnahbare Gott im Glauben begriffen und in die menschliche Geschichte hineingeholt werden kann. »Gott ist frei nicht vom Menschen, sondern für den Menschen. Christus ist das Wort der Freiheit Gottes. Gott *ist* da, d.h. nicht in ewiger Nichtgegenständlichkeit, sondern ... habbar, faßbar in seinem Wort in der Kirche.«[8] Dietrich landet also auch hier wieder bei der konkreten Kirche – obwohl er immer noch ein ziemlich distanziertes Verhältnis zu ihr hat.

Zunächst einmal hatte er gleich zu Beginn seiner Berliner Zeit dafür gesorgt, daß er durch seine Habilitation dem für Vikare obligatorischen Domkandidatenstift entkam. Davor hatte ihn schon seine Mutter gewarnt: »Man wird da scheints ganz verdreht, will den Leuten keinen Hausschlüssel geben und läßt sie keine anderen Seminare etc mitmachen, als was sie selbst an Weisheit bieten ...«[9] Superintendent Diestel, der wohl weiß, daß er seinen besten Kandidaten verliert, wenn er ihn in den kleinlichen Kirchenmief steckt, springt auch hier hilfreich ein. So kann Dietrich sich noch einmal ungestört in seinem angestammten Milieu bewegen.

Freilich hat er selbst das im nachhinein gar nicht unbedingt als positiv empfunden. Tatsächlich ist er wieder einmal mit nichts anderem beschäftigt als mit der Theologie und seinem Theologenbewußtsein. Nicht von ungefähr entdeckt er, der sich sonst kaum mit zeitgenössischer Literatur befaßt, in dieser Zeit die Erzählungen von Georges Bernanos. »Die Sonne Satans« und »Der Abtrünnige« schildern den Pfarrer und den Heiligen, die zwischen geistlicher Überheblichkeit und verzweifelter Skepsis aufgerieben werden. Dietrich ist das wohl nicht fremd. Seine theologische Erkenntnis, daß jede Gotteserkenntnis nicht menschliche Leistung, sondern Gnade Gottes ist, reibt sich mit dem Stolz, dem Können, dem Ehrgeiz des jungen Wissenschaftlers.

Später schreibt er selbst über diese Zeit: »Ich stürzte mich in die Arbeit in sehr unchristlicher und undemütiger Weise. Ein wahnsinniger Ehrgeiz, den manche an mir gemerkt haben, machte mir das Leben schwer und entzog mir die Liebe und das Vertrauen meiner Mitmenschen. Damals war ich furchtbar allein und mir selbst überlassen ... Ich weiß, ich habe damals aus der Sache Jesu Christi einen Vorteil für mich selbst, für meine wahnsinnige Eitelkeit gemacht ...«[10] Ähnlich kritisch äußert er sich über sein »Desinteressement« gegenüber den politischen Entwicklungen jener Jahre und empfindet es im Rückblick als »eigentlich frivol«[11].

Die politischen Ereignisse des Jahres 1929 gehen an Dietrich offenbar vorbei. Der Zusammenbruch der

New Yorker Börse, der die Weltwirtschaftskrise einleitet, tangiert ihn ebensowenig wie die Auftritte des neuernannten Reichspropagandaleiters der NSDAP, Joseph Goebbels, in Berlin. Er engagiert sich nicht politisch, weder in rechten noch in linken Gruppen. Trotzdem ist Dietrich kein unpolitischer Mensch. In eher persönlichen Gesten zeigen sich auch politische Sympathie und Antipathie. Er schließt seine erste enge Freundschaft mit Franz Hildebrandt, einem Theologen, der als »Halbjude« unter den »Arierparagraphen« in der Kirche fallen wird. Man kann sich heute kaum vorstellen, daß solche freundschaftlichen Beziehungen schon vor 1933 andeuteten, wo jemand politisch stand. Daß Dietrich, der doch bisher eher konservativ dachte, jedenfalls immer weiter von rechts abrückt, wird auch darin deutlich, daß er demonstrativ die Gottesdienste von Pfarrer Günther Dehn in Moabit besucht – obwohl dieser als Pazifist und religiöser Sozialist vom gesamten Rechtskartell angefeindet wird.

Doch welche Rolle er selbst in der politischen und kirchlichen Landschaft spielen soll, ist ihm nicht recht klar. Wieder einmal empfindet er eine gewisse Ziel- und Orientierungslosigkeit – wohl weil er spürt, daß diese Frage nicht allein in der wissenschaftlichen Reflexion, jenseits der Praxis, beantwortet werden kann.

Am 31. Juli 1930 hält Dietrich seine Antrittsvorlesung an der Berliner Universität. Er ist dort nun mit vierundzwanzig Jahren der jüngste Privatdozent für Theologie. Für die Kirche, die ihm auch im zweiten Examen nur ein »Recht gut« bescheinigen mochte, ist er für die Ordination zum Pfarrer zu jung. Fünfundzwanzig sei das vorgeschriebene Mindestalter, da mache die Behörde keine Ausnahme!

Für Dietrich ist das ein wahrer Segen. Er bekommt ein Stipendium für das Union Theological Seminary in New York. Und wie schon einige Jahre zuvor in Rom bekommt er in der Begegnung mit einer anderen Welt und einer anderen Kirche die entscheidenden Anstöße für die nächsten Jahre.

»Wer wollte noch ahnungslos und unbefangen ins gelobte Land eingehen?«

1930–1931

Am 5. September 1930 schifft sich Dietrich nach Amerika ein. »Meine Kabine liegt tief im Bauch des Schiffes … Ich habe mit bestem Appetit zwei gewaltige Menüs gegessen … Ich genieße das Schiff, solange es sich genießen läßt«[1], schreibt er tags darauf an die Großmutter, die ihrem Enkel häufig Reisezuschüsse spendiert.

Wie alle Neuankömmlinge sieht Dietrich von den USA als erstes die überwältigenden Steingebirge von Lower Manhattan. Als er die Wolkenkratzer und Steinschluchten hinter sich hat, kommt die zweite Überraschung. Das Union Theological Seminary ist ein Neu-Alt-Bau im englisch-gotischen Stil. Gleich nebenan liegt Harlem, das schwarze Ghetto.

So ehrwürdig das Union auch heute noch aussieht – es geht dort locker zu. Die Tür zum Zimmer des Professors für Sozialethik steht offen, Studenten gehen ein und aus, und den Kaffee für Besucher brüht Professor Larry Rasmussen, der heutige Inhaber des Lehrstuhls von Reinhold Niebuhr, selbst – das sei immer schon der Stil des Union gewesen. Dietrich, heute der berühmteste »Student« Niebuhrs, hat sich an die ständig offenen Türen erst gewöhnen müssen – und nicht nur daran.

Der Mittagsgottesdienst im Union wird von Studenten aus verschiedenen Ländern gehalten. Die Theologie der Befreiung setzt heute die Tradition des »social gospel« am Union fort. Es wird deutlich, daß das Evangelium eine soziale Gestalt hat, nicht nur in der Kirche selbst, sondern in ihrer politischen und sozialen Praxis. »Dietrich Bonhoeffer hat damals gemeint, das sei keine richtige Theologie«, sagt Professor Rasmussen, »aber er hat die Theologie des social gospel dann selbst gelebt.«[2]

Tatsächlich schreibt Dietrich, der gerade noch ganz abgehobene Universitätstheologie betrieben hatte, zu Beginn seines New Yorker Aufenthaltes nach Hause: »Eine Theologie gibt es hier nicht!«[3] Am Ende seines Studienjahres ist aus dem Saulus ein Paulus geworden: »Der Eindruck, den ich von den heutigen Vertretern des social gospel empfangen habe, wird für mich auf lange Zeit hinaus bestimmend sein.«[4]

Was ist geschehen? Dietrich, der in den USA zum ersten Mal aus seiner bildungsbürgerlichen Glasglocke heraustritt, trifft hier auf Menschen, die ein soziales und politisches Christentum verkörpern.

Doch zunächst sind die Eindrücke widersprüchlich. In den USA gibt es keine einheitliche evangelische Volkskirche, sondern eine Unzahl einzelner Denominationen, Freikirchen, die unabhängig vom Staat sind und allein durch die freiwilligen Spenden der Mitglieder finanziert werden. Dietrich wird in einigen dieser Gemeinden herumgereicht und muß dort vor allem über die deutsche Sicht zu Krieg und Frieden reden. Ihm fällt auf, daß sich die weiße amerikanische Middle class ihre Kirche auf ihr Bewußtsein und ihren Geldbeutel zurechtstutzt. Vor allem aber erschreckt ihn die strikte Rassentrennung in der amerikanischen Gesellschaft, die von der Mehrzahl der weißen Kirchen unkritisch übernommen wird. Sein Bruder Karl-Friedrich, eben von Berufungsverhandlungen und einem Gastvortrag in Harvard zurück, korrespondiert mit Dietrich über die »Negerfrage«. Er schreibt dazu: »Ich hatte drüben den Eindruck, daß sie eigentlich *die* Frage ist, jedenfalls für Leute mit Gewissen, und sie war für mich, wie ich den Ruf nach Harvard bekam, ein ganz wesentlicher Grund für die Abneigung, ganz hinüberzugehen, weil ich diese Erbschaft weder selbst antreten noch meinen hypothetischen Kindern weitergeben wollte ... Jedenfalls ist unsere Judenfrage daneben ein Witz; es wird nur noch wenige geben, die behaupten, sie würden hier unterdrückt. Jedenfalls nicht in Frankfurt ...«[5](!)

Im Union teilt man Dietrichs Kritik. Sein Mitstudent Paul Lehmann und dessen Frau Marion, zu denen eine beständige Freundschaft entsteht, zeigen ihm das »andere Amerika«. Zu ihm gehört das politische und soziale Engagement der Kirche »von unten« mitten im

Massenelend der wirtschaftlichen Depression, das häufig verbunden ist mit einem ganz untheoretischen, direkten Verständnis der Bibel als »frohe Botschaft für die Armen«. In dieser Szenerie, die man teilweise später in der amerikanischen Bürgerrechtsbewegung wiederfinden wird, entstehen auch erste Ansätze zur Überwindung der Rassentrennung. Reinhold Niebuhr empfiehlt seinen Studenten die Lektüre schwarzer amerikanischer Literatur. Dietrich ist von ihr tief beeindruckt. Er wird später seine Studenten und Vikare in Deutschland mit der Literatur und Musik des schwarzen Amerika vertraut machen.

Zunächst aber schließt er eine damals selbst am Union noch ungewöhnliche Freundschaft mit seinem schwarzen Mitstudenten Frank Fisher aus Harlem. Durch ihn lernt er das Ghetto aus nächster Nähe kennen. Und die Ladenkirchen in den Slums, noch heute Gottesdiensträume und Selbsthilfezentren zugleich. Bald ist er jeden Sonntag in der Abessynian Baptist Church, 128 West 138th Street: »Ich habe in den Negerkirchen das Evangelium predigen gehört.«[6]

Was das Evangelium von der Befreiung und der Erlösung einmal wirklich bedeutet hat, wird in Harlem oder der South Bronx besser verstanden als in der Wall Street und im Waldorf Astoria. Wer dort, an der Peripherie, mit Blick auf die kalte Pracht des Banken- und Geschäftszentrums zwischen Müll und Drogen, Arbeitslosigkeit, Krankheit und Kriminalität zu überleben versucht, hört die Botschaft von der Befreiung der Sklaven mit anderen Ohren als ein Bewohner der Fifth Avenue. Und beim Ostergottesdienst in St. Peter's in the Bronx, bei der Feier der Auferstehung, betet man nicht nur um das persönliche Heil, sondern auch um die Überwindung todbringender Strukturen.

In den Harlemer Kirchen wird Dietrich klar, wie sehr die Sanctorum Communio in seinem Kopf immer noch die Kirche seiner eigenen bürgerlichen Herkunft ist. Und er ahnt, daß die soziale Sprengkraft des Evangeliums selbst die bürgerliche Kirchlichkeit noch ganz anders in Frage stellt als die dialektische Theologie. Damit ist Dietrich zwar noch lange kein religiöser Sozialist, und er wird auch kein Befreiungstheologe. Aber für ihn beginnt ein Prozeß, den er später einmal in wenigen Sätzen so beschreibt: »Ich kam zum ersten Mal zur Bibel ... Ich hatte schon oft gepredigt, ich hatte schon viel von der Kirche gesehen, darüber geredet und geschrieben – und ich war noch kein Christ geworden, sondern ganz wild und ungebändigt mein eigener Herr ... Ich war bei aller Verlassenheit ganz froh an mir selbst. Daraus hat mich die Bibel befreit und insbesondere die Bergpredigt ...«[7]

All das passiert nun aber nicht nur in Dietrichs Kopf. Wie damals in Rom verhelfen auch in New York die atmosphärischen Zutaten dem ziemlich verkopften Mittzwanziger zu einem befreienden persönlichen Durchbruch.

In den Gottesdiensten der schwarzen Gemeinden wird, ohne Trennung von Kopf und Bauch, gesungen, gebetet, gerufen, geweint und gelacht und wieder gesungen, und plötzlich sind sie wieder da, die »roten Lieder« aus Dietrichs Kindheit. Der Glaube bekommt hier nicht nur eine soziale, sondern auch eine emotionale, ja körperliche Dimension zurück. Für Dietrich, der gelernt hat, Gefühle und Körper zu beherrschen, ist das befreiend und zugleich verwirrend. Jedenfalls bittet er seinen Freund Paul Lehmann, niemandem zu verraten, was er nur ihm anvertraut: daß auch unter der Woche seine Ausflüge mit unbekanntem Ziel nicht zu New Yorker Sehenswürdigkeiten führen, sondern zu den Gebets- und Singstunden mit den roten Liedern.

Aber es gibt noch eine zweite Wurzel für die spätere politische Theologie Dietrich Bonhoeffers, und auch sie stammt aus jener Zeit.

Ein weiterer Teilnehmer in Dietrichs Kurs am Union ist Jean Lasserre, ein junger Pfarrer aus Frankreich. Dietrich projiziert auf ihn erst einmal alle antifranzösischen Ressentiments des vaterländisch gesinnten deutschen Bürgertums – und stößt damit ins Leere. Jean ist Pazifist und hält nichts von der »gloire de la patrie«: »Man kann nicht Christ und Nationalist in einem sein ... Glauben wir an die heilige, allgemeine Kirche, die Gemeinschaft der Heiligen? Oder glauben wir an die ewige Sendung Frankreichs?«[8]

Daran hat Dietrich schwer zu schlucken. Daß die Gemeinschaft der Heiligen, die ihm ja so wichtig ist, auch Franzosen umfaßt, ist ihm wohl in dieser Radikalität noch gar nicht zu Bewußtsein gekommen. Pazifismus hat ihm bisher ferngelegen; nun kommt er ihm ausgerechnet vom »Erbfeind« entgegen und ist theologisch gut begründet: mit der Bergpredigt.

Dort findet man die Seligpreisung der Friedensstifter und die Forderung der Feindesliebe, und natürlich kennt auch Dietrich diese Kapitel aus dem Matthäusevangelium. Doch hatten sich gerade im gar nicht pazifistischen deutschen Protestantismus schon Generationen von Theologen scharfsinnig um die Entschärfung der Bergpredigt bemüht. Ihre Version lautet: Die Bergpredigt ist nicht Anweisung zur Umgestaltung der Welt, sondern Hinweis auf deren Erlösungsbedürftigkeit durch Gott, die die Kirche im Evangelium verkündet. Das entspricht ganz der Trennung von Eigengesetzlichkeit der Welt hier – Evangelium für das persönliche Heil da, die ja auch Dietrich bis dahin vertreten hat. Jean Lasserre läßt das nicht gelten; er besteht darauf, daß Christsein »ganz einfach« bedeutet, dem Gebot Jesu Folge zu leisten und die Gemeinschaft der Christen glaubwürdig über alle Grenzen hinweg zu praktizieren.

Wie sehr er Dietrich mit diesen Gedanken ansteckt, zeigt ein Brief, den dieser wenige Jahre später an seinen Bruder schreibt: »Ich glaube zu wissen, daß ich eigentlich erst innerlich klar und aufrichtig sein würde, wenn ich mit der Bergpredigt wirklich anfinge, Ernst zu machen ... Es gibt doch nun einmal Dinge, für die es sich lohnt, kompromißlos einzutreten. Und mir scheint, der Friede und die soziale Gerechtigkeit, oder eigentlich Christus, sei so etwas.«[9]

Dietrich wird einer der wenigen sein, die später, als sein Land die Welt mit Ausplünderung und Krieg überzieht, diese kompromißlose Haltung durchhalten.

Vorerst aber bleibt ihm, schon vorher in den USA das Bild des »guten Deutschen« abzugeben. Dietrich sieht tatsächlich so aus, wie man sich einen typischen Deutschen vorstellt, und in gewisser Weise ist er auch einer, erzählt Paul Lehmann später, vor allem in seinem Bestreben, alles möglichst perfekt zu machen. Er habe ein aristokratisches Auftreten, aber gar nichts Herrisches an sich gehabt. Und Jean Lasserre erinnert sich auch später noch gut daran, wie ihre Freundschaft begann – während der amerikanischen Aufführung des deutschen Antikriegsfilms »Im Westen nichts Neues«. Das amerikanische Publikum habe ganz unpolitisch und emotional reagiert und sei auf die Sichtweise des ehemaligen Gegners eingestiegen: Wenn französische Soldaten getötet wurden, wurde gelacht und applaudiert. Dietrich, der Jean sicher nicht absichtslos ins Kino mitgenommen hatte, war so bestürzt, daß er sich hinterher nicht genug tun konnte mit Tröstenwollen und Freundlichsein.

Am Ende des Studienaufenthaltes fahren die beiden Freunde mit einem klapprigen Oldsmobile durch die USA bis hinein nach Mexiko. Zwischendurch, zu Weihnachten, findet man Dietrich zusammen mit dem vierten New Yorker Freund, dem Schweizer Erwin Sutz, in der deutschen Gemeinde in Kuba. Dort hält er eine Predigt über Mose, von dem erzählt wird, er habe das »gelobte Land« sehen, aber nicht mehr selbst betreten dürfen. »Die Scharen der Arbeitslosen vor unseren Augen, die Millionen Kinder in aller Welt in Jammer, die Hungernden in China, die Unterdrückten in Indien und in unseren unseligen Ländern … Wer wollte, wenn er das bedacht, noch ahnungslos und unbefangen ins gelobte Land eingehen?«[10]

Dietrich wird diese Frage und ein neues politisches Bewußtsein in die Heimat mitnehmen. Im Juni 1931 kehrt er nach Berlin zurück. Dort erwartet ihn eine Assistentenstelle im Fach Systematik und das Studentenpfarramt an der Technischen Hochschule.

Bei den Reichstagswahlen im September 1930 war die NSDAP von 12 auf 107 Sitze gekommen, und ein Ende der wirtschaftlichen und politischen Krise der Weimarer Republik war noch nicht abzusehen. Klaus hatte seinem Bruder in die USA geschrieben: »Man liebäugelt mit dem Faschismus. Ich fürchte, wenn diese radikale Welle sich der Gebildeten bemächtigt, ist es um das Volk der Dichter und Denker geschehen.«[11]

»Trachtet nach dem, was auf Erden ist!«

1931–1932

Es sind noch nicht viele Studenten, die die Vorlesungen des unbekannten jungen Privatdozenten Dietrich Bonhoeffer besuchen. Im Sommersemester 1932 liest er über »Das Wesen der Kirche«.

»Zuerst wies er darauf hin, daß man heute oftmals frage, ob wir die Kirche eigentlich noch brauchen könnten, ob wir Gott eigentlich noch brauchten. Aber diese Frage sei falsch gestellt. Wir sind gefragt, ob wir uns brauchen lassen wollen; denn Gott braucht uns. Das, was mich von Anfang an an diesem Mann begeisterte, war die Art, wie der die Dinge sah, wie er sie ›umdrehte‹ ...«, sagt Wolf-Dieter Zimmermann, der wie viele führende Kirchenmänner der Nachkriegszeit von Bonhoeffers Theologie geprägt wurde. »Bonhoeffer am Katheder wirkte sehr konzentriert, ganz unpathetisch, fast leidenschaftslos, glasklar, ein bißchen rational kalt – wie ein Berichterstatter.« Dietrich fängt pünktlich an und hält auf Disziplin; nur einmal läßt er seine Studenten warten. Als er mit zwanzigminütiger Verspätung anfängt, sagt er kurz: »Einer meiner Jungen liegt im Sterben, und ich wollte noch einmal mit ihm reden. Das mußte sein.«[1]

Die meisten Studenten wissen inzwischen, wer

»Dietrichs Jungen« sind. Im Herbst hatte er auf Anweisung der vorgesetzten Kirchenbehörde eine verwilderte Konfirmandenklasse im Arbeiterviertel Prenzlauer Berg übernommen. »Das ist so ungefähr die tollste Gegend von Berlin mit den schwierigsten sozialen und politischen Verhältnissen. Anfangs benahmen sich die Jungen wie verrückt ...« Aber Dietrich weiß mit Kindern umzugehen. Er läßt die Gruppe einige Minuten toben und beginnt dann mit leiser Stimme, eine Geschichte aus Harlem zu erzählen. Als es still ist, beendet er die Stunde und verspricht für das nächste Mal neue Geschichten. Dietrich erzählt ihnen die Bibel, und die ist spannend. »Nun ist absolute Ruhe, die Jungen sorgen selbst dafür ... Es ist ihnen einfach neu, daß es etwas anderes als Katechismuslernen gibt. Ich habe den gesamten Unterricht auf den Gemeindegedanken aufgebaut ...«[2]

Dietrichs neue »Gemeinde« sprengt die soziale Grenze der bürgerlichen Kirche. Er selbst zieht erstmals aus der Grunewaldvilla aus und mietet sich beim Bäcker Heide in der Oderberger Straße 61, nördlich vom Alexanderplatz, ein. Seine Konfirmanden dürfen unangemeldet zu ihm kommen. Sie lernen Schachspielen und Englisch. Dietrich macht mit ihnen Ausflüge und imponiert als Fußballer. Er habe damals eher wie ein Sportler ausgesehen als wie ein Pfarrer oder ein Gelehrter, erinnert man sich. Vor der Konfirmation besorgt er auf eigene Kosten einen Ballen Stoff und schneidet zusammen mit »seinen Jungen« die jedem angemessene Menge ab. Dabei wird der Gottesdienst gemeinsam vorbereitet.

Was Dietrich hier versucht, ist wohl eine Vorstufe zu seinen späteren Gedanken über ein »religionsloses Christentum«. Denn er will ja nicht die der Kirche entfremdeten Kinder wieder in die Kirche zurücklokken, sondern mit ihnen auf eine ganz unkirchliche, unreligiöse Art Kirche *sein*. Kirche ist damit nicht mehr identisch mit einer bestimmten religiösen Form, sondern überall, wo Menschen solidarisch miteinander leben.

In der Konfirmationspredigt heißt es: »Keiner soll euch je den Glauben nehmen, daß Gott auch für euch einen Tag und eine Sonne und eine Morgenröte bereitet hat (man ahnt, daß Dietrich inzwischen weiß, was am Prenzlauer Berg gesungen wird: ›Brüder zur Sonne, zur Freiheit‹ und ›Dem Morgenrot entgegen, ihr Kampfgenossen all‹) und daß er uns das gelobte Land sehen lassen will, in dem Gerechtigkeit und Friede und Liebe herrscht, weil Christus herrscht ...«[3]

Der Konfirmationssonntag ist der 13. März 1932, der Tag der Reichspräsidentenwahl. Er bringt 49 Prozent für Hindenburg, 30 Prozent für Hitler und 13 Prozent für Thälmann von der KPD. Die bürgerlichen Parteien und die Sozialdemokraten haben Hindenburg unterstützt, weil sie ihn für den erfolgversprechendsten Kompromißkandidaten gegen die radikale Rechte halten. Die radikale Linke warnt: »Wer Hindenburg wählt, wählt Hitler, wer Hitler wählt, wählt den Krieg!« Die Eltern von Dietrichs Konfirmanden wählen Thälmann.

Daß er selbst den Kandidaten der KPD gewählt hat, ist so gut wie ausgeschlossen. Die Kommunisten sind für ihn keine Alternative, auch wenn er zum ersten Mal Verständnis und Sympathie für sozialistische Ideen hat.

Die empfinden inzwischen ja auch andere junge Leute »aus gutem Hause«. Die dunklen Seiten des kapitalistischen Systems, die im Jahre 1932 unübersehbar sind, sprechen auch den bürgerlich-humanistischen Idealen hohn. Was soll man von einer Wirtschafts- und Gesellschaftsordnung halten, in der angesichts von sechs Millionen Arbeitslosen allein in Deutschland, angesichts von zahllosen hungernden und frierenden Menschen Kaffee ins Meer geworfen und Getreide verbrannt wird, um den Preis hoch zu halten?

Als die Zeitungen von dieser Aktion berichten, schreiben Bertolt Brecht und Hanns Eisler die »Ballade von den Säckeschmeißern«; Ernst Busch, der »Barrikadencaruso«, macht sie bekannt: »Sie werfen den Weizen ins Feuer, sie werfen den Kaffee ins Meer, und wann werfen die Säckeschmeißer die fetten Räuber hinterher ...?«

Solche radikalen Töne liegen Dietrich fern. Näher steht ihm die »Soziale Arbeitsgemeinschaft Berlin

Ost«, die der Gründer des christlichen Versöhnungsbundes, Siegmund-Schultze, eingerichtet hat. Ihr Vorbild ist die »Settlement-Bewegung« in den USA: Junge engagierte Leute gründen kleine Niederlassungen an sozialen Brennpunkten, um dort mit den Leuten zu leben und zu arbeiten. Im Herbst entsteht auf dieser Grundlage die »Charlottenburger Jugendstube«; mit von der Partie sind Anneliese Schnurmann, eine Freundin von Susanne Bonhoeffer, die das Ganze im wesentlichen auch finanziert, und eben Dietrich mit einigen seiner Studenten. Die Jugendstube will arbeitslose Jugendliche von der Straße holen, ihnen Raum geben zum Treffen, Reden und Lernen. Das Projekt ist keineswegs kirchengebunden. Christen, Juden, Sozialisten arbeiten, diskutieren und feiern zusammen – solange ihnen die Zeit dazu bleibt.

Ein halbes Jahr nach ihrer Gründung muß die Jugendstube geschlossen werden, weil die Rollkommandos der SA durch die Straßen ziehen. Anneliese Schnurmann ist Jüdin, sie muß Deutschland verlassen. Die kommunistischen Jugendlichen tauchen vorübergehend in einer Baracke am Stadtrand unter, die Dietrichs Eltern für die Jugendarbeit »gespendet« hatten. Dietrich wird dabei den verfolgten Freunden nach Kräften zu helfen versuchen.

Es wundert nicht, daß eine solche Praxis sich auch auf Dietrichs wissenschaftliche Arbeit auswirkt. Er ist eine durchaus untypische Erscheinung an der Universität, an der die meisten Theologieprofessoren deutschnational denken und die Mehrzahl der Studenten – auch der Theologiestudenten – in Verbindungsuniformen, in vollem Wichs und mit Fahnen in den Universitätsgottesdiensten erscheinen. »Meine theologische Abkunft wird hier allmählich suspekt, und man hat wohl etwas das Gefühl, daß man sich eine Schlange am Busen großgezogen habe«[4], schreibt Dietrich an Erwin Sutz. Nicht nur, daß er bald als Sozialist und Pazifist gilt – auch seine akademischen Umgangsformen befremden.

Der Dozent experimentiert mit neuen, unbekannten Formen »sozialen Lernens«. Er fährt mit seinen Studenten aufs Land und lädt zu »offenen Abenden« ein – ein »Bonhoefferkreis« entsteht, der nicht nur theologisiert, sondern über den Rassenkonflikt in den USA und den nächsten Einsatz in der Jugendstube redet. Offensichtlich wird für Dietrich die Frage nach glaubwürdiger christlicher Praxis und Gemeinschaft wichtiger als seine wissenschaftliche Karriere. Er will nicht in den Elfenbeinturm der reinen Wissenschaft zurück. Und er sucht Leute, die mitmachen bei einer neuen Form der Verbindung von Theorie und Praxis. Etwa ein Drittel seines Kreises besteht übrigens aus Studentinnen; das will etwas heißen zu einer Zeit, in der der Anteil der Frauen unter den Theologen drei Prozent betrug! Die Vermutung liegt nahe, daß ihnen die Verbindung von Lernen und Leben besonders entgegenkam. Ob sie den Kommilitonen – und dem Dozenten – klarmachen konnten, daß Männer ebensogut kochen wie Frauen Theologie treiben können?

Trotz allem: So ganz kann Dietrich nicht aus seiner alten Haut. Als »nah und fern zugleich, vornehm-distanziert und aufgeschlossen-bereit« wird er von seinen Studenten empfunden. Und selbstverständlich ist er mal wieder der »Chef«. Er weiß, wie gefährlich das ist und wie sehr er selbst sich immer wieder den Kreis schafft, in dem er der »Star« ist: »Der Geist der Sünde hat den Menschen losgerissen vom Geist Gottes und vom Nächsten. Nun kreist der Geist dauernd um sich selbst. Nun ist er der Herr der Welt, aber eben nur der Welt, die sein Ich sich deutet und erdenkt, Herr in seiner ich-beschlossenen, vergewaltigten Welt. Er sieht den Mitmenschen als Ding und sieht Gott als den, der seine religiösen Bedürfnisse befriedigt ...«[5], sagt Dietrich in einer Vorlesung. Der radikale Gehorsam gegen das Gebot Jesu wird für ihn damit kritische Anfrage an seinen eigenen Narzißmus und Befreiung aus seiner »ich-beschlossenen Welt«.

Allerdings hat dieser Gedanke nun auch eine politische Dimension. Dietrich bleibt längst nicht mehr bei der Bearbeitung seines Identitätsproblems stehen. Als 1932 die neugebildete Regierung Papen die Rettung Deutschlands durch die christliche Weltanschauung proklamiert, predigt er: »›Im Namen Gottes, Amen‹, soll es wieder heißen, Religion soll wieder gepflegt werden ... Glauben wir, daß wir uns wirklich gefangennehmen lassen würden von diesem ›Im Namen Gottes, Amen‹? Daß wir uns von ihm bestimmen lassen würden in unserem Tun? Daß wir uns, reich und arm, deutsch und französisch, zusammenbinden lassen würden durch diesen Namen Gottes? Oder versteckt sich nicht gerade hinter unseren religiösen Tendenzen unser unbändiger Drang nach Willkür – im Namen Gottes das zu tun, was *uns* gefällt, im Namen der christlichen Weltanschauung das eine Volkstum gegen das andere auszuspielen und aufzuhetzen?«[6]

Ein Jahr zuvor hatte in Cambridge die Jahrestagung des Weltbundes für Freundschaftsarbeit der Kirchen stattgefunden. Dietrich hatte als Mitglied der deutschen Jugenddelegation daran teilgenommen und war zu einem der drei europäischen Jugendsekretäre gewählt worden.

Am 1. September 1931, dem Eröffnungstag der Konferenz, erschien in der gesamten deutschen Rechtspresse auf der ersten Seite eine Erklärung der beiden bekannten deutschen Theologieprofessoren Paul Althaus und Emmanuel Hirsch mit dem Titel »Evangelische Kirche und Völkerverständigung«: »Deutschlands Feinde aus dem Weltkriege führen unter dem Deckmantel des Friedens den Krieg wider das deutsche Volk weiter ... In dieser Lage gibt es nach unserem Urteil zwischen uns Deutschen und den im Weltkriege siegreichen Nationen keine andere Verständigung als ihnen zu bezeugen, daß während ihres fortgesetzten Krieges gegen uns Verständigung nicht möglich ist ...«[7]

Diese Sätze geben weitgehend die Stimmung der evangelischen Kirche in Deutschland wieder, deren Vertreter dem Weltbund Internationalismus und Pazifismus vorwerfen. Daß Dietrich in diesem Weltbund bald auch im »Rat für praktisches Christentum« (Life and Work) mitarbeitet, kann seinen Ruf als politischer und kirchlicher »Outsider« nur festigen.

Dabei liegt ihm eine naive Friedensseligkeit durchaus fern. Bei seinen Reden auf den ökumenischen Konferenzen – London, Ciernohorské Kúpele, Gland sind die nächsten Tagungsorte – negiert er die tatsächlich vorhandenen Konflikte keineswegs; er macht zugleich klar, daß diese von Christen auf friedlichem Wege gelöst werden müssen, weil sie in Christus eine Gemeinschaft sind. Die alte Formel »Christus als Gemeinde existierend« wird neu konkretisiert: »Dem Christen ist jeglicher Kriegsdienst, jede Vorbereitung zum Krieg verboten ... Die Liebe kann unmöglich das Schwert gegen einen Christen richten, weil sie es mit ihm auf Christus richtet.«[8]

Im Jahre 1932 hat Dietrich die nationale Grenze des Gemeindegedankens ebenso gesprengt wie die soziale. Und er hat ein für allemal die Trennung von Evangelium und Politik überwunden: »Trachtet nach dem, was auf Erden ist! Daran entscheidet sich heute viel, ob wir Christen Kraft genug haben, der Welt zu bezeugen, daß wir keine Träumer und Wolkenwandler sind. Daß wir nicht die Dinge kommen und gehen lassen, wie sie sind, daß unser Glaube wirklich nicht das Opium ist, das uns zufrieden sein läßt inmitten einer ungerechten Welt. Sondern daß wir, gerade weil wir trachten nach dem, was droben ist, nur um so hartnäckiger und zielbewußter protestieren auf dieser Erde.«[9]

Dem Rad in die Speichen fallen

1933

Am 1. Februar 1933 hält Dietrich einen Rundfunkvortrag mit dem Titel »Der Führer und der einzelne in der jungen Generation«. Er hatte ihn schon vor dem Machtantritt Hitlers geschrieben – und nun, zwei Tage nach dem Sieg des »Führers«, scheint er besonders gut in die Medienlandschaft zu passen. Dietrich, der sein anerzogenes Autoritäts- und Ordnungsdenken noch längst nicht losgeworden ist, versucht, Autorität zu begründen und zu begrenzen. Seine eigene Rolle als »Star« mag dabei auch im Blick gewesen sein: »Die Gruppe ist der Mutterschoß des Führers. Sie gibt ihm alles, auch seine Autorität ... Von dem so aus der Gruppe stammenden Führer erwartet die Gruppe, daß er ihr Ideal leibhaftig verkörpert ... Der einzelne weiß sich in unbedingtem Gehorsam dem Führer verpflichtet.«[1]

Klingt das nicht fast wie der Satz aus dem Bestseller des Jahres 1933 – Hitlers »Mein Kampf« –, der so lautet: »Die Bewegung vertritt im kleinsten wie im größten den Grundsatz der unbedingten Führerautorität, gepaart mit höchster Verantwortung ...«, und werden nicht bald Millionen von Deutschen bei allen möglichen Gelegenheiten skandieren: »Führer befiehl, wir folgen!«?

Dietrich hat nichts gegen Autorität und Gehorsam, solange sie einer guten Sache dienen und zur eigenen »Verantwortlichkeit gegenüber den Ordnungen des Lebens, gegenüber Vater, Lehrer, Richter, Staat« erziehen. »Der Mensch und insbesondere der Jugendliche wird solange das Bedürfnis haben, einem Führer Autorität über sich zu geben, als er sich selbst nicht reif, stark, verantwortlich genug fühlt, den in diese Autorität verlegten Anspruch selbst zu verwirklichen. Der Führer wird sich dieser klaren Begrenzung seiner Autorität verantwortlich bewußt sein müssen. Versteht er seine Funktion anders als sie so in der Sache begründet ist, gibt er nicht dem Geführten immer wieder klare Auskunft über die *Begrenztheit* seiner Aufgabe und über *dessen* eigene Verantwortung, läßt er sich von dem Geführten dazu hinreißen, dessen Idol darstellen zu wollen ... dann gleitet das Bild des Führers über in das des Verführers.«[2]

Unversehens hat Dietrich damit bereits eine Beschreibung der gerade einsetzenden Massenhysterie, der kollektiven Flucht aus der Verantwortung in den Führerkult geliefert. Denn in den kommenden Wochen und Monaten liegt nicht nur ein großer Teil der Nation, sondern auch fast die gesamte evangelische Kirche vor dem Führer auf dem Bauch.

»Die Hand ans Werk! Jungdeutschland wagts aufs Neue!

›Deutschland‹, das Feldgeschrei in Not und Tod.

Der Führer ruft: wir alle jubeln ›Treu um Treue‹!
Vor uns der Tag! Und unsere Burg ist Gott!«[3]

dichtet der rheinische Pfarrer Paul Humburg auf die Melodie einer bekannten Nazihymne, des Horst-Wessel-Liedes.

In dieser Atmosphäre haben Dietrichs Sätze über den Führer, der zum Verführer wird, bereits eine so große politische Brisanz, daß die Sendeleitung den Vortrag vorzeitig abschaltet – angeblich wegen Zeitüberschreitung. Empört schreibt Dietrich am nächsten Tag einen Rundbrief an alle Freunde und Kollegen, in dem er mitteilt, »daß die Übertragung des Vortrags plötzlich an einer völlig ungeeigneten, zu Mißdeutungen Anlaß gebenden Stelle abgebrochen wurde ... Der Vortrag wird nunmehr in einer Tageszeitung veröffentlicht werden.«[4]

Noch kann der Vortrag tatsächlich ungekürzt in einer deutschen Zeitung erscheinen. Doch auch damit ist es bald vorbei.

Am 27. Februar 1933 brennt der Reichstag. Am Tatort wird ein junger, ziemlich verwirrter Holländer aufgegriffen, der Mitglied der kommunistischen Partei ist und nun als Beweis für eine kommunistische Verschwörung präsentiert wird. Diese Version erweist sich bald als völlig unglaubwürdig; zu gut paßt der Reichstagsbrand den Nazis in ihren eigenen Kram. Schon am nächsten Tag erscheint die »Notverordnung« zum »Schutze von Volk und Staat«. Mit ihr sind »Beschränkungen der persönlichen Freiheit, des Rechts der freien Meinungsäußerung, einschließlich der Pressefreiheit, des Vereins- und Versammlungsrechts, Eingriffe in das Brief-, Post-, Telegraphen- und Fernsprechgeheimnis, Anordnungen von Haussuchungen und von Beschlagnahmen, sowie Beschränkungen des Eigentums auch außerhalb der sonst hierfür bestimmten Grenzen zulässig.« Diese Verordnung bleibt für die nächsten zwölf Jahre in Kraft; sie ist die »gesetzliche« Grundlage für den nun einsetzenden nationalsozialistischen Terror.

Der richtet sich zunächst fast ausschließlich gegen links. Viertausend kommunistische Funktionäre werden verhaftet, viele von ihnen in den Kellern der SA erschlagen oder »auf der Flucht« erschossen.

Für die evangelische Kirche ist das allerdings kein Terror, sondern Wiederherstellung der Ordnung und Rettung »aus schwerer Gefahr«. Unter der Devise »lieber braun als rot« begrüßt sie die Zerschlagung der Arbeiterbewegung und die Verfolgung all derer, die ihr schon lange ein Dorn im Auge waren: »Wenn der Staat seines Amtes waltet gegen die, die die Grundlagen der staatlichen Ordnung untergraben, gegen die vor allem, die mit ätzendem und gemeinem Wort die Ehe zerstören, den Glauben verächtlich machen, den Tod für das Vaterland begeifern – dann walte er seines Amtes in Gottes Namen!«[5]

Deutlicher kann man es nicht sagen. Der das sagt, ist immerhin der Berliner Generalsuperintendent – und spätere Bischof – von Berlin, Otto Dibelius. Er hält die Predigt zur Wiedereröffnung des Reichstages am 21. März 1933, die von allen deutschen Sendern übertragen wird – ungekürzt! Bevor er dort unverblümt den staatlichen Terror rechtfertigt, liefert er zur Beruhigung aller evangelischen Gewissen dessen theologische Begründung: »Wenn es um Leben oder Sterben der Nation geht, dann muß die staatliche Macht durchgreifend und kraftvoll eingesetzt werden, es sei nach außen oder nach innen. Wir haben von Dr. Martin Luther gelernt, daß die Kirche der rechtmäßigen staatlichen Gewalt nicht in den Arm fallen darf, wenn sie tut, wozu sie berufen ist. Auch dann nicht, wenn sie hart und rücksichtslos schaltet.«[6]

Drei Wochen später hält Dietrich einen Vortrag vor einem Kreis von Berliner Pfarrern. Die meisten von denen, die dort sitzen, sind durchaus nicht begeistert von der Art und Weise, wie der Staat »seines Amtes waltet«. Aber sie sind gute Lutheraner, und deshalb bewegt sich Dietrich zunächst auf Zehenspitzen durch das Thema Kirche und Staat: Die Kirche hat kein Recht, sich Macht über den Staat anzueignen. Aber sie darf sich nicht aus der Politik heraushalten, wenn der Staat grundlegende Menschenrechte außer Kraft setzt. In diesem Fall nennt Dietrich drei Möglichkeiten kirchlichen Handelns gegenüber dem Staat: »Erstens die an den Staat gerichtete Frage nach dem legitim staatlichen Charakter seines Handelns, d.h. die Verantwortlichmachung des Staates. Zweitens der Dienst an den Opfern des Staatshandelns. Die Kirche ist den Opfern jeder Gesellschaftsordnung in unbedingter Weise verpflichtet, auch wenn sie nicht der christlichen Gemeinde zugehören (!). Die dritte Möglichkeit besteht darin, nicht nur die Opfer unter dem Rad zu verbinden, sondern dem Rad selbst in die Speichen zu fallen ...«[7]

Den Rest seines Vortrags hält Dietrich vor fast leerem Saal. Die Forderung, daß die Kirche zum politischen Widerstand bereit sein muß, hat die meisten seiner Zuhörer vor den deutschprotestantischen Kopf gestoßen. Mit dieser Einstellung bleibt Dietrich in seiner Kirche allein. Die einzigen, die ihm beigepflichtet hätten, die religiösen Sozialisten, gehören selbst schon zu den Verfolgten.

Paul Tillich, Theologieprofessor und religiöser Sozialist, hatte schon 1932 geschrieben: »Ein Protestantismus, der sich dem Nationalsozialismus öffnet und den Sozialismus verwirft, ist im Begriff, wieder einmal seinen Auftrag an der Welt zu verraten. Scheinbar gehorsam dem Satz, daß das Reich Gottes nicht von dieser Welt ist, zeigt er sich ... gehorsam den siegreichen Gewalten und ihrer Dämonie.«[8] Paul Tillich wird als erster »arischer« Professor seines Amtes enthoben. Er emigriert 1933 in die USA.

Seine »nichtarischen« Kollegen sind inzwischen weitgehend unter das Gesetz zur »Wiederherstellung des Berufsbeamtentums« gefallen. Dieses Gesetz vom 7. April 1933 bedeutete das sofortige Berufsverbot für jüdische und kommunistische Beamte. Auf diese Maßnahme bezogen sich auch Dietrichs Äußerungen in dem Vortrag »Die Kirche vor der Judenfrage«, den er vor den Berliner Pfarrern gehalten hatte. Zweifellos ist die bald nach der Machtübernahme einsetzende Entrechtung und Verfolgung der Juden der entscheidende Anstoß für ihn gewesen, das Naziregime von Anfang an abzulehnen und zu bekämpfen. Denn an dieser Stelle sind nun auch engste Freunde und Angehörige betroffen, vor allem Dietrichs Schwester Sabine und ihr Mann Gerhard Leibholz.

Sabine hat später einige Erlebnisse aus dieser Zeit aufgeschrieben. Sie berichtet darüber, wie ihr Mann, der im April 1933 Ordinarius für Staatsrecht in Göttingen ist, den Beginn des Sommersemesters erlebt hat:

»Breitbeinig, wie nur diese SA-Männer stehen konnten, standen da ein paar Studenten in SA-Uniform in ihren hohen Stiefeln vor dem Vorlesungssaal und ließen niemanden herein. ›Leibholz darf nicht lesen, er ist Jude. Die Vorlesungen finden nicht statt.‹ Gehorsam gingen die Studenten heim ... In Göttingen versuchten viele mitzulaufen. Nicht weitergekommene Privatdozenten sahen jetzt ihre Chance ... Gottlob gab es auch einige anständige Männer unter den Professoren. Ich entsinne mich besonders auch des

Theologen Walter Bauer. Wenn man ihn auf der Straße traf, ging er nicht auf die andere Seite – was vielfach geübt wurde –, sondern er kam auf meinen Mann zu und schimpfte, da er sehr schlechte Ohren hatte, oft so laut und deutlich auf Hitler und die Nazis, daß ich in Sorge rechts und links den ›deutschen Blick‹ (nach hinten, über beide Schultern) sandte. Der alte Örtmann, Professor für Zivilrecht, kam sofort, als mein Mann sein Amt verlor, um uns einen Besuch zu machen. ›Herr Kollege, ich schäme mich, ein Deutscher zu sein‹, sagte er.«[9]

Aber solche Gesten der Solidarität und des Anstands sind Ausnahmen, auch in der evangelischen Kirche. Als am 1. April 1933 im ganzen »Reich« jüdische Geschäfte boykottiert und jüdische Mitbürger auf offener Straße angepöbelt und mißhandelt werden, empört sich ein Vikar aus dem Rheinland darüber, daß seine Kirche diesem Unrecht Beifall zollt. Sein Vorgesetzter, der rheinische Generalsuperintendent Stoltenhoff, antwortet ihm: »Dafür habe ich einiges Verständnis, daß der angesammelte ... berechtigte Groll über das, was das Presse, Börse, Theater usw. beherrschende Judentum uns angetan hat, sich einmal energisch Luft macht.«[10]

Von seiten der evangelischen Kirche hat Hitler also keinen Widerstand zu befürchten. Sie begrüßt die »nationale Revolution« auf der ganzen Linie. Am deutlichsten tut sich dabei eine Gruppe hervor, die sich

1932 gegründet hat mit dem Ziel, Christentum und Nationalsozialismus miteinander zu verbinden. Sie nennt sich »Deutsche Christen« und reklamiert in ihrem Grundsatzprogramm für die Deutschen ein ganz besonderes, ein »artgemäßes« Christentum, das »deutschem Luther-Geist und heldischer Frömmigkeit entspricht«. Dieses »Christentum« enthält die komplette Nazi-Ideologie: »Kampf gegen den religions- und volksfeindlichen Marxismus und seine christlich-sozialen Schleppenträger«; »Schutz des Volkes vor den Untüchtigen und Minderwertigen«; »Halte deine Rasse rein!« – das sind Sätze aus den »Richtlinien der Glaubensbewegung ›Deutscher Christen‹«.

Später, nach 1945, werden prominente Vertreter der »Deutschen Christen« behaupten, es sei ihnen um den Kampf gegen das Heidentum in der NS-Bewegung und um die Chance einer breit angelegten Volksmission gegangen. Nur auf diese Weise habe die Kirche wieder Ansehen bei den entkirchlichten Massen gewinnen können.

Diese Haltung hat Dietrich vor Augen, als er 1944 schreibt: »Kirche ist nur Kirche, wenn sie für andere da ist ... Speziell wird unsere Kirche den Lastern der Hybris, der Anbetung der Kraft und des Neides und des Illusionismus entgegentreten müssen.«[11] Er hat nicht mehr erlebt, daß »Deutsche Christen« keine Mitschuld empfinden an Konzentrationslagern, Euthanasieprogramm und Völkermord. Und daß sie nach dem Ende des Naziregimes fast alle in Amt und Würden geblieben sind.

Im Jahre 1933 jedenfalls schlägt für die »Deutschen Christen« erst einmal ihre große Stunde. Sie haben auf das richtige Pferd gesetzt, und die restliche evangelische Kirche zieht mehr oder weniger mit. Denn Hitler weiß, an welchem wunden Punkt er sie packen kann: an dem nie verschmerzten Macht- und Funktionsverlust nach der Revolution von 1919. Er kommandiert ganze SA-Einheiten zum Kirchenbesuch ab – natürlich in Uniform. Und er versichert in einer Rede am 23. März 1933: »Die nationale Regierung sieht in den beiden christlichen Konfessionen die wichtigsten Faktoren zur Erhaltung unseres Volkstums.«

Endlich ist man wieder jemand! Endlich sind die Kirchen wieder voll! Und hatte Hitler sich nicht am »Tag von Potsdam«, wo sich am 21. März 1933 die neue Reichsregierung in der Garnisonkirche etablierte, am Grabe Friedrichs des Großen artig vor dem »greisen Reichspräsidenten«, dem von allen deutschnationalen Protestanten verehrten Generalfeldmarschall Hindenburg, verneigt? Alle Kirchenglocken hatten dazu geläutet, und kaum ein deutschprotestantisches Auge war trocken geblieben.

Am 23. Juli finden in der evangelischen Kirche Kirchenwahlen statt. Von ihrem Ergebnis wird abhängen, wer in den Kirchenleitungen sitzen und wie die Kirchenpolitik in den nächsten Jahren aussehen wird.

Natürlich gibt es die Liste »Deutsche Christen«. Sie tritt an mit der Parole: »Baut die neue Kirche Christi im neuen Staat Adolf Hitlers!« Alle, denen diese Gleichschaltung von Kirche und NS-Staat nun doch zu weit geht, finden sich auf der Liste »Evangelium und Kirche« zusammen. Vielen von ihnen geht es nicht um die Ablehnung der Politik Hitlers, sondern um die Zurückweisung offenkundiger deutschchristlicher Irrlehren. »Wir stehen zu unserem Staat in Gehorsam und Liebe. Es geht uns bei dieser Wahl *nur* um die Kirche.«[12] Diesen Satz wird die kirchliche Opposition in den folgenden Jahren noch allzuoft wiederholen.

Dietrich ist wütend über diese Haltung: »Das ist die Kapitulation der Kirche vor der Politik!«[13] Trotzdem ist die Liste »Evangelium und Kirche« die einzige Alternative, und Dietrich stürzt sich mit seinem Freund Franz Hildebrandt und seinen Studenten in einen fast aussichtslosen Wahlkampf. Flugblätter werden geschrieben und gedruckt – und kurz vor den Wahlen beschlagnahmt. Denn die Reichsregierung mischt sich massiv in diesen Wahlkampf ein. Erstmals kommt Dietrich dabei in Kontakt mit der »Geheimen Staatspolizei«. Auf die besorgte Anfrage von Siegmund-Schultze, der als Pazifist und Sozialist Deutschland bereits verlassen mußte, schreibt er: »Im Konzentrationslager bin ich allerdings nicht gewesen, wenn mir auch von höchster polizeilicher Stelle gemeinsam mit einem Amtsbruder bei Gelegenheit der Kirchenwahlen dieser Ort in Aussicht gestellt worden ist.«[14]

Am Abend vor den Wahlen hält Hitler eine Rundfunkrede: Er erwarte, daß am morgigen Sonntag die Kräfte gewählt werden, »die in den Deutschen Christen bewußt auf den Boden des nationalsozialistischen Staates getreten sind«.

Die »Deutschen Christen« erhalten 70 Prozent der Wählerstimmen und besetzen damit alle kirchlichen Schlüsselpositionen.

Der Predigt, die Dietrich an diesem Tag hält, ist die Erregung dieser Wochen anzumerken. Der sonst so spröde Prediger ruft der Gemeinde zu: »Es heißt Entscheidung, es heißt Scheidung der Geister ... Kommt, ihr Alleingelassenen, die ihr die Kirche verloren habt, wir wollen wieder zurück zur Heiligen Schrift, wir wollen zusammen die Kirche suchen gehen ... Kirche, bleibe Kirche! Bekenne, bekenne, bekenne!«[15]

Zu denen, die die Kirche verloren haben, zählt Dietrich im Grunde auch sich selbst. Die Kirche, die sich nun unter dem Reichsbischof Müller und der Parole »Ein Volk, ein Reich, ein Führer, eine Kirche!« etabliert, ist nicht mehr seine Kirche, die »Sanctorum Communio«. Um so weniger, als seine Landeskirche auf der »Braunen Synode« in Wittenberg Anfang September 1933 neben anderen Gleichschaltungsmaßnahmen auch den staatlichen Arierparagraphen für die evangelische Kirche übernimmt – wohlversehen mit dem theologischen Gutachten der Professoren Althaus und Hirsch, in dem Volkstum und Rasse zu den von Gott eingesetzten »Schöpfungsordnungen« erklärt werden. Das neue Kirchengesetz lautet: »Wer nichtarischer Abstammung oder mit einer Person nichtarischer Abstammung verheiratet ist, darf nicht als Geistlicher und Beamter der allgemeinen kirchlichen Verwaltung berufen werden ...«

Dieser und andere Paragraphen des neuen Gesetzes bedeuten das Aus für zahlreiche Judenchristen, die als Pfarrer, Kirchenjuristen, Fürsorgerinnen und Kindergärtnerinnen tätig sind. Und auch für Franz Hildebrandt, der zusammen mit Dietrich eine Pfarrstelle im Berliner Osten antreten wollte. Dietrich verzichtet daraufhin auch auf seine Stelle; in dieser Kirche will er nicht mehr Pfarrer sein.

Statt dessen planen die beiden Freunde eine Flugblattaktion zur Nationalsynode, die Ende September in Wittenberg endgültig über die neuen Kirchengesetze beschließen soll.

»Unter stillschweigender Billigung des neuen Kirchenregiments sind auf landeskirchlichen Synoden Gesetze beschlossen und in Kraft gesetzt, die mit der Heiligen Schrift und dem Bekenntnis der Kirche im Widerspruch stehen. Hier ist insbesondere der Arierparagraph zu nennen ...«[16] Dieser Aufruf an die Nationalsynode, »Gott mehr zu gehorchen als den Menschen« und die »braunen« Beschlüsse rückgängig zu machen, ist von zweitausend Pfarrern unterzeichnet und natürlich auch von Dietrich Bonhoeffer und Franz Hildebrandt.

Mitautor des Aufrufes ist auch Martin Niemöller. Er, der als alter Deutschnationaler und ehemaliger U-Boot-Kommandant 1933 die NSDAP gewählt hat, gründet nun den »Pfarrernotbund« als Protest gegen die Einführung des Arierparagraphen in der Kirche. Immerhin unterschreiben in kurzer Zeit einige tausend Pfarrer die Verpflichtung des Notbundes, gegen die Verletzung des christlichen Bekenntnisses durch den kirchlichen Arierparagraphen zu protestieren.

Dadurch läßt sich die Nationalsynode jedoch in keiner Weise beeindrucken. Auch nicht von den Flugblättern, die in der Stadt verteilt und an Bäume und Hauswände geheftet werden. Beim Abschlußgottesdienst stellt sich der »Reichsleiter« der »Deutschen Christen« Hossenfelder in Positur und ruft über Luthers Grab hinweg: »Mein Reichsbischof, ich grüße Dich!«, und Franz flüstert Dietrich zu, nun glaube er an die Lehre von der »Realrotation« der Gebeine Luthers in seinem Grabe.[17]

Dietrich ist inzwischen ziemlich verzweifelt. Gerade weil für ihn die Kirche die sichtbare Gestalt Christi auf der Erde ist, kann er nicht in einer Kirche bleiben, die Christus verrät. Er trägt sich mit dem Gedanken, in eine Freikirche einzutreten. Aber dort sieht die Lage nicht viel besser aus. Deshalb versucht er in seiner Kirche die Flucht nach vorn und schlägt vor, daß alle Pfarrer, die den Arierparagraphen ablehnen, ihr Amt niederlegen. Diese Aktion wird zehn Jahre später Erfolg haben – in Norwegen! In Deutschland ist ein »Pfarrerstreik« einfach undenkbar. Und der junge radikale Theologe, der so deutlich die Trennung der wahren von der pervertierten Kirche fordert, der von der Kirche verlangt, dem Rad in die Speichen zu fallen, wird nun auch seinen Freunden von der kirchlichen Opposition unheimlich. Für sie geht Dietrichs Kritik am NS-Staat und an der Reichskirche einfach zu weit. Schließlich hatte Martin Niemöller gerade im Namen des Pfarrernotbundes dem Führer telegrafisch das Gelöbnis treuer Gefolgschaft übermittelt – als Dank für den Austritt Deutschlands aus dem Völkerbund!

Dietrich weiß sich in dieser Situation keinen anderen Rat, als sich zurückzuziehen. Er übernimmt im Oktober 1933 das Auslandspfarramt für zwei deutsche Gemeinden in London. Franz Hildebrandt soll bald dorthin folgen; die beiden wollen sich die Arbeit und das Gehalt teilen.

Von London aus schreibt Dietrich an Karl Barth, den er inzwischen persönlich kennengelernt hat: »Ich fühlte, daß ich mich unbegreiflicherweise gegen alle meine Freunde in einer radikalen Opposition befände, ich geriet mit meinen Ansichten über die Sache immer mehr in die Isolierung ... ich fürchtete, daß ich mich aus Rechthaberei verrennen würde – und dabei sah ich gar keinen Grund dafür, daß ich jetzt gerade diese Dinge richtiger und besser sehen sollte, als so manche ganz tüchtige und gute Pfarrer ... und so dachte ich, es wäre wohl Zeit, für eine Weile in die Wüste zu gehen.«[18]

Anfang Oktober verabschiedet sich Dietrich von seinen Studenten mit den Worten: »Es gilt nun, in der Stille auszuhalten und an allen Ecken des deutschchristlichen Prunkhauses den Feuerbrand der Wahrheit anzulegen, damit eines Tages der ganze Bau zusammenkracht.«[19]

»Tu deinen Mund auf für die Stummen!«

1933–1934

Am 17. Oktober 1933 bezieht Dietrich das Pfarrhaus der deutschen Gemeinde Sydenham im südlichen Londoner Vorort Forest Hill. »Es war ziemlich groß, unansehnlich und kalt. Denn geheizt wurde nur mit einem Gasbrenner im Kamin. Die Fenster ließen außerdem noch kalte feuchte Luft von außen herein. So hielt man sich meist nur in einem Zimmer auf. Und die Morgenwäsche wurde oft sehr verkürzt«[1], berichtet Wolf-Dieter Zimmermann, der seinen alten Lehrer Weihnachten besucht.

Am 12. November 1933 wird Dietrich von der Gemeindeversammlung in Sydenham und der St-Paul's-Gemeinde im Londoner Eastend zum Pfarrer der beiden Auslandsgemeinden gewählt. Im Süden hat er es mit Kaufleuten und Diplomaten, im Osten mit Handwerkern und Ladenbesitzern zu tun. Das Pfarrergehalt ist ziemlich bescheiden. Außerdem verzichtet Dietrich darauf, seine Wahl vom Außenamt der »Reichskirche« bestätigen zu lassen, denn das käme einer Anerkennung der Reichskirchenregierung gleich. Und das wiederum bedeutet den Verzicht auf Altersversorgung und Pensionsberechtigung.

Daß Dietrich sich solche deutlichen Gesten leisten

kann, verdankt er nun allerdings auch der Tatsache, daß sein persönliches Vermögen ihm eine gewisse finanzielle Unabhängigkeit erlaubt. Er sei überhaupt mit Geld großzügig und außerordentlich freigiebig gewesen, sagen seine Freunde und seine Studenten. »Ich möchte nur so viel Geld haben, daß ich nicht zu rechnen brauche«, soll Dietrich einmal geäußert haben. Daß das bereits das Privileg ziemlich reicher Leute ist, ist ihm wohl lange Zeit kaum zu Bewußtsein gekommen. Der Professorensohn aus dem Berliner Villenviertel hat sich auf immer neue, oft sehr einfache Lebensverhältnisse einstellen können. Aber auf das, was ihm wirklich wichtig war, hat er nie verzichten müssen, jedenfalls solange er noch ein freier Mann war.

Im Londoner Pfarrhaus breitet sich eine fröhliche Junggesellenwirtschaft aus. Viele Besucher finden sich bei Dietrich und Franz Hildebrandt ein. »Meistens frühstückten wir morgens um etwa elf Uhr. Ausgiebig und inhaltsreich. Dazu mußte einer die ›Times‹ besorgen, aus der wir uns über die letzten Ereignisse im deutschen Kirchenkampf orientierten. Danach ging dann jeder eigenen Aufgaben nach.«[2]

Die beiden Freunde sind ausgezeichnete Klavierspieler, und Dietrich ist stolzer Besitzer eines Bechstein-Flügels. Er hat ihn von Berlin nach London transportieren lassen.

»Viele Abende verbrachten wir gemeinsam im Haus

... Theologische Diskussionen, Musizieren, Erzählen, Debattieren – alles ging ineinander über, löste einander ab. Bis zwei oder drei Uhr nachts. Mit einer enormen Vitalität brach alles hervor ...«[3] Genau das braucht Dietrich nach den aufwühlenden und schwierigen Wochen, die hinter ihm liegen: eine Atempause, Abstand und Zeit, um allein und mit anderen zu sichten und zu klären, was geschehen ist und welche Entscheidungen die neue Situation verlangt.

Dabei geht es nicht nur um die verfahrene Lage in der Kirche. Auch die Familie quält sich mit der Frage, wie man sich den neuen Machthabern gegenüber verhalten soll. Alle sind sich in der Ablehnung der nationalsozialistischen Gewaltherrschaft einig. Was aber kann und muß jetzt getan werden?

Die Bonhoeffers gehören nicht zu denen, denen die Nazis die Entscheidung darüber »abnehmen«. Sie sind keine Linken und keine Juden. Sie werden nicht entlassen, ausgebürgert, verhaftet. Sie haben keine Schriften verfaßt, die verboten und verbrannt werden. Sie werden nicht verfemt, sondern hofiert. Denn man braucht sie auch in diesem Staat, den renommierten Psychiater Karl Bonhoeffer, den Physikprofessor Karl-Friedrich und den Chefsyndikus der Deutschen Lufthansa, Klaus Bonhoeffer; ebenso Dietrichs Schwäger Rüdiger Schleicher und Hans von Dohnanyi, den Ministerialrat im Verkehrsministerium und den persönlichen Referenten des Justizministers Gürtner, den die Nazis als einzigen Minister aus der Weimarer Republik übernommen haben, um eine Unabhängigkeit der Justiz vorzutäuschen.

Soll man diese Positionen, den Zugang zu wichtigen Informationsquellen, die Schlüsselstellungen in Verwaltung, Wirtschaft, Wissenschaft und Justiz aufgeben? Wie weit kann man seinen Einfluß und sein Wissen gegen das Naziregime nutzen? Und wo liegt die Grenze zur opportunistischen Anpassung, zur unfreiwilligen Kollaboration?

Wie schwierig diese Gratwanderung sein kann, erfährt die Familie gerade jetzt, in den Herbstwochen des Jahres 1933. Karl Bonhoeffer soll ein psychiatrisches Gutachten über Marinus van der Lubbe anfertigen, den Mann, der den Reichstag angezündet haben soll. Dietrichs Vater, der die Welt mit dem Instrumentarium der empirischen, »wertfreien« Wissenschaft im Griff zu haben glaubt, liefert ein rein medizinisches, wissenschaftlich unangreifbares Gutachten ab, das van der Lubbe geistige Zurechnungsfähigkeit bescheinigt. Ob der psychopathische junge Mann schuldig-unschuldiges Werkzeug der Nazis gewesen sein könnte, interessiert in diesem Zusammenhang nicht. Das ist Politik und fällt nicht in den Zuständigkeitsbereich des Mediziners. Van der Lubbe wird am 10. Januar 1934 hingerichtet.

Manche haben von Karl Bonhoeffer eine andere Haltung erwartet. Und er selbst, der sich seiner rationalen Weltsicht immer so sicher war, mag auch erste Zweifel daran bekommen haben. Jedenfalls gesteht er seinem jüngsten Sohn gegenüber erstmals ein, daß dessen Art, die Welt zu sehen und zu bewältigen, doch nicht so belang- und bedeutungslos ist, wie er früher immer dachte. Es scheint, als sei in diesen Jahren vielen Wissenschaftlern vom Schlage Karl Bonhoeffers klargeworden, daß die Frage nach der ethischen Orientierung, nach Schuld und Verantwortung nicht aus der empirischen Wissenschaft allein heraus beantwortet werden kann. Jedenfalls wird der Theologe Dietrich nun zunehmend auch vom Vater und von den Brüdern als Gesprächspartner ernst genommen. Er hat etwas zu bieten, was sie jetzt brauchen.

Dietrich telefoniert ständig mit Berlin; im Postamt von Forest Hill gewährt man ihm stillschweigend »Mengenrabatt«. Obwohl er doch eigentlich »in die Wüste« gehen wollte, will er von Freunden und Verwandten wissen, was »zu Hause« los ist. »Man ist zu nah, um nicht an allem teilnehmen zu wollen, und zu weit, um wirklich aktiv mitzumachen. Und das ist mir in den letzten Wochen sehr schwer gefallen«[4], schreibt er im Januar 1934.

Tatsächlich geht es in der evangelischen Kirche hoch her. In ihr spiegeln sich die gesellschaftlichen Konflikte noch am ehesten wider, weil man sie nicht einfach verbieten kann – so wie man es mittlerweile mit allen Parteien, Organisationen, Zeitungen und Institutionen gemacht hat, die nicht der NSDAP unterstehen. Zwar haben die deutschchristliche Kirchenregierung und der Reichsbischof Müller auch die Kirche schon nach Kräften gleichzuschalten versucht – doch je forscher die »Deutschen Christen« dabei vorgehen, desto breiter wächst der Widerstand auch unter denen, die sich eigentlich als gute Bürger des »Dritten Reiches« betrachten.

Es ist nicht nur der Arierparagraph, der die Opposition nicht zur Ruhe kommen läßt. Am 13. November 1933 veranstalten die »Deutschen Christen« eine Großkundgebung im Berliner Sportpalast. Hauptredner ist der Studienrat und Gauobmann Krause, der die Kirche zur »Befreiung vom Alten Testament mit seiner jüdischen Lohnmoral, von diesen Viehhändler- und Zuhältergeschichten«, zur Beseitigung der jüdischen Theologie des Paulus und zum Glauben an einen »heldischen Jesus« aufruft. In den nächsten Tagen wird der Reichsbischof mit Telegrammen eingedeckt: »Protestieren empört gegen die Schmach der Sportpalastkundgebung Berlin, fordern Amtsniederlegung der Mitglieder kirchlicher Behörden, die dort bei Verteidigung des Bekenntnisses versagt haben ...«[5]

Die Stimmung an der kirchlichen Basis beginnt umzukippen. Vor allem die aktiven Kirchenmitglieder begreifen allmählich, was man sich in der »großen volksmissionarischen Stunde« eingekauft hat. Ein nationaler Staat mit einer einflußreichen evangelischen

Kirche – ja! Die Kirche als Unterorganisation des NS-Staats neben SA und Reichskulturbund – nein! Kurz vor Weihnachten »übergibt« der Reichsbischof dem »Führer« die gesamte evangelische Jugend; alle Jugendverbände werden zwangsweise in die Hitlerjugend eingegliedert. Einige Verbände lösen sich vorher auf, um dieser Zwangsmaßnahme zu entgehen. Am 4. Januar 1934 folgt der »Maulkorberlaß«; darin wird jede Diskussion über die Maßnahmen der Kirchenregierung in kirchlichen Räumen und Zeitschriften untersagt.

Der Pfarrernotbund fordert seine Mitglieder auf, dem Reichsbischof nicht zu gehorchen. Die fünf deutschen Pfarrer in London kabeln am 7. Januar nach Berlin: »Anschließen uns der Erklärung des Notbundes und versagen Reichsbischof Müller unser Vertrauen ...«

Daß Dietrich mit seinen vielen Kontakten zur kirchlichen Opposition in Deutschland dahintersteckt, ist jedem klar, vor allem der deutschen Kirchenbehörde. Sie schickt den Oberkonsistorialrat Heckel nach London, einen lutherischen Theologen, der bald darauf zum Bischof und Leiter des Kirchlichen Außenamtes ernannt wird.

Heckel soll die ökumenischen Beziehungen unter die Kontrolle der Reichskirchenregierung bringen. Und er wendet dazu eine Argumentation an, die bald wie ein Damoklesschwert über der gesamten kirchlichen Opposition schwebt. Allen Kontakten mit ausländischen Kirchen, die nicht von der Reichskirchenregierung kontrolliert werden, werden landesverräterische Absichten unterstellt. Dietrich erhält dann auch bald die Anweisung, sich »von nun an jeglicher ökumenischer Betätigung zu enthalten«[6]. Der aber denkt nicht daran. Im Gegenteil, er tut alles, um den Kirchen im Ausland die Augen zu öffnen über den wahren Charakter der Naziregierung und ihrer Reichskirche.

Das aber ist gar nicht so einfach. Viele Engländer zum Beispiel finden es ganz beruhigend, daß in Deutschland ein »Bollwerk gegen den Bolschewismus« entstanden ist. Englische Geistliche loben die Ordnung, die im neuen Deutschland herrscht. Sie berufen sich dabei auf prominente deutsche Theologen und Kirchenführer. Der unbekannte Pfarrer aus London hat dagegen einen schweren Stand, nicht nur in England. Trotzdem läßt er nicht locker; er will die Ökumene zum Bruch mit der Reichskirchenregierung bewegen.

»Mein lieber Henriod«, schreibt er im April 1934 an den Generalsekretär des Weltbundes für Freundschaftsarbeit der Kirchen. »Ich hätte ja sehr gern wieder mit Ihnen über die Lage gesprochen, da ich die Langsamkeit des ökumenischen Handelns allmählich nicht mehr für verantwortlich halte. Man muß sich eben einmal entscheiden und kann nicht ewig auf ein

Zeichen vom Himmel warten ... gerade hier heißt es Jetzt oder Nie. Wenn die Ökumene das nicht begreift, dann ist die Ökumene nicht mehr Kirche, sondern ein nichtsnutziger Verein, in dem schöne Reden gehalten werden ... Und in welche Richtung die Entscheidung zu gehen hat, kann denn darüber überhaupt noch ein Zweifel sein? Bekenntnis – heißt es heute in Deutschland, Bekenntnis heißt es auch für die Ökumene. Weg mit der Angst vor diesem Wort – die Sache Christi ist auf dem Spiel!«[7]

Dietrich kommt einen großen Schritt weiter, als er den Lordbishop von Chichester und Präsidenten des Weltrates für Praktisches Christentum, George Bell, für seine Sache gewinnt. Mit ihm, dem auf den Tag genau dreiundzwanzig Jahre älteren Ökumeniker, verbindet ihn eine Freundschaft, die eine Menge aushalten wird. George Bell, der Dietrich und Franz liebevoll »my two boys« nennt, läßt sich dazu bewegen, einen ökumenischen Hirtenbrief zu veröffentlichen, in dem der Reichskirchenregierung all das vorgeworfen wird, was mit dem christlichen Glauben nicht vereinbar ist: Führerprinzip, terroristische Maßnahmen, Rassendiskriminierung.

Diese Botschaft wird am 10. Mai 1934 veröffentlicht, drei Wochen vor der »Barmer Synode«, auf der sich die »Bekennende Kirche« konstituieren wird.

Im Selbstverständnis des Protestantismus der Nachkriegszeit wird man die Bekennende Kirche eilig zur

»evangelischen Kirche im Widerstand« erklären und die pronazistischen Deutschen Christen zu einer radikalen Randgruppe. Dagegen steht allerdings die Erinnerung von Zeitgenossen und die Erkenntnis der Kirchenhistoriker, daß die Bekennende Kirche keineswegs gegen die Politik der Regierung, sondern zunächst ausschließlich gegen die Irrlehren und Gewaltmaßnahmen der Deutschen Christen innerhalb der Kirche angetreten ist. »Hätte Hitler nur die Kirche in Ruhe gelassen und gelegentlich auch ihr und nicht nur der Vorsehung ein dankbares Auge geschenkt, es wäre nie zur ›Bekennenden Kirche‹ gekommen«[8], behauptet der Berliner Kirchengeschichtler Karl Kupisch.

Noch zu Beginn des Jahres 1934 versucht der größte Teil der kirchlichen Opposition, den Reichsbischof Müller zu bekämpfen und mit dem Reichskanzler Hitler ins reine zu kommen. Man setzt dabei auf den alten Hindenburg.

Am 25. Januar 1934 empfängt Hitler in der Reichskanzlei alles, was in der evangelischen Kirche Rang und Namen hat, einschließlich der prominenten Vertreter der Opposition. Die hatten sich vorher telefonisch abgesprochen – und in der Leitung saß Görings Sicherheitsdienst. Martin Niemöller berichtet: »Hermann Göring kommt – zum Beginn des Empfangs – eine rote Geheimmappe unter dem Arm – hereinspaziert, stellt sich breitbeinig vor Hitler und sagt: ›... bitte ich, ein Gespräch vorlesen zu dürfen, das vor anderthalb Stunden der Vorsitzende des Pfarrernotbundes, der bei dieser Besprechung anwesende Pfarrer Niemöller geführt hat.‹ Ich denke, mich erschlägt der Blitz. Ich wußte damals noch gar nicht, daß man Telephone abhören kann. Natürlich hatten wir uns besprochen ... wie verhalten wir uns, wenn wir heute mal dem Hitler ein Wort sagen können? Ich hatte in meiner üblichen flapsigen Art geredet ...«[9]

Das weitere ist in einem Stichwort-Protokoll festgehalten, das die Londoner Pfarrer von der Darstellung Heckels angefertigt haben: »Niemöllers Ferngespräch: ›Jetzt ist Hitler beim alten Herrn. Letzte Ölung. Eingeseift. Wenn er ins Vorzimmer kommt, wird er eine Denkschrift erhalten ... Wir haben alles wunderbar eingefädelt.‹ Hitler: ›Das ist ganz unerhört. Rebellion. Ich lasse meinen Führerring nicht sprengen. Ich werde mit allen Mitteln gegen diese Rebellion angehen.‹ Hitler fragt nach Einwendungen gegen den Reichsbischof. Die Kirchenführer schweigen.«[10]

Zwei Tage später haben sie ihre Sprache wiedergefunden. »Unter dem Eindruck der großen Stunde, in der die Kirchenführer der Deutschen Evangelischen Kirche mit dem Herrn Reichskanzler versammelt waren« erklären sie: »Die versammelten Kirchenführer stellen sich geschlossen hinter den Reichsbischof und sind gewillt, seine Maßnahmen und Verordnungen in dem von ihm gewünschten Sinne durchzuführen, die kirchenpolitische Opposition gegen sie zu verhindern und mit allen ihnen verfassungsmäßig zustehenden Mitteln die Autorität des Reichsbischofs zu festigen ...«[11]

Diese Ergebenheitsadresse ist auch von den Bischöfen der nicht deutschchristlich regierten Landeskirchen unterzeichnet: von Wurm aus Württemberg, Meiser aus Bayern und Marahrens aus Hannover. Von jetzt an ist klar: Wer die Reichskirchenregierung angreift, greift die Staatsführung an. Für viele Mitglieder der Bekennenden Kirche wird das ein Grund sein, die politische Loyalität zum Führer besonders hervorzuheben! Für andere wiederum geht an diesem Punkt die Entwicklung in die entgegengesetzte Richtung: Sie nehmen die Rolle des Staatsfeindes an, in die sie unversehens geraten sind.

Aus diesen beiden Gruppen setzt sich die Bekenntnissynode in Barmen zusammen. Sie verwirft die deutschchristlichen Vorstellungen als Irrlehre und formuliert in sechs Thesen ein Bekenntnis, das die Bekennende Kirche als Gegenprogramm zur deutschchristlichen Reichskirche aufstellt: »Wir verwerfen die falsche Lehre, als könne die Kirche außer dem einen Wort Gottes noch andere Ereignisse, Mächte, Gestalten und Wahrheiten als Gottes Offenbarung anerkennen ... als dürfe die Kirche die Gestalt ihrer Botschaft und Ordnung ihrem Belieben oder dem Wechsel der jeweils herrschenden weltanschaulichen und politischen Überzeugungen überlassen ...« Hinter diesen Sätzen steckt niemand anderer als Karl Barth; mit ihnen hat er sich aus Hitlerdeutschland verabschieden müssen.

Die Barmer Theologische Erklärung enthält keine Stellungnahme zu politischen Ereignissen. Sie wäre damit auch nicht konsensfähig gewesen. So aber stimmen am 31. Mai 1934 einhundertachtunddreißig Abgeordnete aus allen Landeskirchen für ein Bekenntnis, das aus der kirchlichen Opposition eine Kirche macht und der herrschenden Kirchenregierung das Recht abspricht, diese Kirche zu repräsentieren.

Für Dietrich ist das eine große Erleichterung. Er hat »seine« Kirche wieder. Und er wird sich ihr vorbehaltlos zur Verfügung stellen, auch wenn er die weitgehend unpolitische Haltung der Bekennenden Kirche nicht teilt. »Es muß endlich mit der theologisch begründeten Zurückhaltung gegenüber dem Tun des Staates gebrochen werden – es ist ja doch alles nur Angst«, schreibt er im Herbst 1934 an Erwin Sutz. »›Tu deinen Mund auf für die Stummen‹ – wer weiß denn das heute noch in der Kirche, daß dies die mindeste Forderung der Bibel in solchen Zeiten ist?«[12]

Wer die Stummen sind, für die die Kirche sprechen müßte, steht Dietrich deutlich vor Augen. Er ist einer von denen, die die erste Emigrationswelle erleben und Emigranten aus Deutschland, so gut es geht, zu betreuen versuchen. Er schreibt in die USA, bittet um Stipendien und Visa – zum Beispiel für den Schriftsteller Armin T. Wegner, der völlig zerstört direkt aus einem deutschen Konzentrationslager nach London gekommen ist.

Zugleich beschwört er die ausländischen Kirchen in der Ökumene, die Bekennende Kirche als einzige Kirche anzuerkennen und der Reichskirche diese Anerkennung zu versagen. Aber er hat es schwer, sich Gehör zu verschaffen. Wer will schon glauben, daß sich in einem zivilisierten Land Europas nach und nach die Barbarei breitmacht? Und wer will nachvollziehen, daß die Auseinandersetzung zwischen Bekennender Kirche und Deutschchristentum alles andere ist als theologische Haarspalterei? Dietrich, der über seine Familie und seine Freunde hervorragend informiert ist, macht nicht zum letzten Mal die Erfahrung, daß man ihm nicht recht glaubt. Man hält es einfach nicht für möglich. Und Dietrich, der »gute Deutsche«, muß dem immer häufiger widersprechen.

Den Krieg verbieten!

1934–1935

Kein Mensch wird als Held geboren – auch Dietrich nicht. Die Monate, die er in London verbringt, dienen wohl auch der persönlichen Klärung: über die Bereitschaft, sich zu gefährden, über das Maß an Widerstandskraft und über die Kosten des Verzichts auf alle bürgerliche Sicherheit.

Zu Beginn seiner Londoner Zeit schreibt er an Sabine und Gerhard Leibholz: »Ich arbeite gerade an meiner Predigt für den Totensonntag und muß immer wieder an Euch und an die Tage im März denken.« Damals war Gerhards Vater gestorben, wenige Tage nachdem ihn die Nazibehörden als Stadtrat entlassen hatten. Dietrich sollte ihn beerdigen, doch sein Vorgesetzter, der Generalsuperintendent von Berlin, hatte ihm dringend davon abgeraten. Dietrich hatte nachgegeben und wird nun nicht recht damit fertig: »Es quält mich jetzt immer wieder mal, daß ich damals nicht ganz selbstverständlich Deiner Bitte gefolgt bin. Ich verstehe mich offen gestanden selbst gar nicht mehr. Wie konnte ich damals nur so grauenhaft ängstlich sein? Mir geht es nun ganz gräßlich nach, auch weil es gerade etwas ist, was man nie wieder gut machen kann. Also, ich muß Euch nun heute einfach bitten, mir diese

Schwäche damals zu verzeihen. Ich weiß heute sicher, ich hätte es anders machen sollen.«[1]

Nicht, daß Dietrich nun plötzlich ein asketischer Moralist oder ein todesmutiger Weltverbesserer geworden wäre. Er wird bleiben, was er schon immer war, »Logiker, Ästhet, Genießer«, der die Ordnung, die Harmonie und das gute Leben dem Konflikt und dem Verzicht vorziehen würde. Aber er weiß jetzt, daß er nicht damit leben kann, wenn er sich selbst untreu wird. Immer mehr wird ihm auch klar, daß er sich nicht länger aus den Konflikten in seiner Kirche und seinem Land heraushalten darf.

Karl Barth bestärkt ihn darin, »jetzt unter keinen Umständen weder Elia unter dem Wacholder noch Jona unter dem Kürbis« zu spielen – das waren Propheten, die zeitweilig wie Dietrich »in die Wüste« gingen –, sondern mit seiner »germanischen Heldenfigur« und seinem theologischen Sachverstand schnellstens nach Deutschland zurückzukehren. »Sie müßten jetzt ... nur das eine bedenken, daß Sie ein Deutscher sind, daß das Haus Ihrer Kirche brennt, daß Sie genug wissen und, was Sie wissen, gut genug zu sagen wissen, um zur Hilfe befähigt zu sein, und daß Sie im Grunde mit dem nächsten Schiff auf Ihren Posten zurückkehren müßten! Nun, sagen wir: mit dem übernächsten!«[2]

Dietrich wird das »nächste« Schiff nehmen, wenn er weiß, welche Aufgabe und welches Ziel ihn in

Deutschland erwarten. Aber noch ist es nicht soweit. Er nutzt die Zeit, um mit sich ins reine zu kommen und um in der Ökumene für die wahre Kirche in Deutschland, die Bekennende Kirche, zu werben.

Diese Kirche beginnt nun langsam Form anzunehmen. Nach der Grundsatzerklärung in Barmen gewinnen die bekennenden Gemeinden nach und nach eine organisatorische Gestalt. Im Oktober 1934 beschließt die Bekenntnissynode in Berlin-Dahlem die Einrichtung eines Notkirchenregiments gegen die Reichskirchenregierung, den »Bruderrat der Deutschen Evangelischen Kirche«. »Wir fordern die christlichen Gemeinden, ihre Pfarrer und Ältesten auf, von der bisherigen Reichskirchenregierung und ihren Behörden keine Weisungen entgegenzunehmen und sich von der Zusammenarbeit mit denen zurückzuziehen, die diesem Kirchenregiment weiterhin gehorsam sein wollen.«

Das ist so ziemlich genau das, was Dietrich schon ein Jahr früher hatte durchsetzen wollen. Und an ihn erinnert man sich jetzt. Als die Predigerseminare der Landeskirchen vom Reichsbischof zugunsten deutschchristlicher Ausbildungsstätten für den Pfarrernachwuchs aufgelöst werden und von jedem Vikar der »Ariernachweis« verlangt wird, beschließt der »Bruderrat« die Einrichtung eigener Seminare. Für dieses unsichere und riskante Projekt ist der junge radikale Theologe, der selbst von London aus mitmischt, genau richtig: Bonhoeffer soll am 1. Januar 1935 als

Direktor des Berlin-Brandenburger Predigerseminars antreten.

Dietrich sagt zu unter der Bedingung, daß der Beginn seiner Tätigkeit auf den März verschoben wird. Er will sich auf seine Art auf den neuen »Posten« vorbereiten.

Bis dahin stehen Aufgaben in der Gemeinde und der Ökumene an, zum Beispiel die Vorbereitung und Durchführung der ökumenischen Jugendkonferenz, die im August 1934 in Fanö stattfinden soll.

Dietrich schreibt dazu an den Vertreter des Weltbundes für Freundschaftsarbeit der Kirchen, daß seine Mitarbeit von der Frage bestimmt sein wird, »ob Vertreter der gegenwärtigen Reichskirchenregierung an der Konferenz teilnehmen ... Ich hoffe, daß Sie uns dabei helfen werden, rechtzeitig zum Ausdruck zu bringen, zu welcher der beiden Kirchen sich die Ökumene bekennt.«[3]

Für Dietrich ist es keine Frage, daß es nur *eine* »Sanctorum Communio« geben kann. Aber der Weltbund kann sich nicht dazu entschließen, die Reichskirche, die ja weiterhin die offizielle Kirche in Deutschland ist, von der Ökumene auszuschließen. Er lädt Delegationen beider Kirchen nach Fanö ein, die sich sogleich in heftige Diskussionen stürzen. Dietrich hat dafür gesorgt, daß »seine« Kirche mit fähigen Leuten vertreten ist; auch etliche seiner ehemaligen Studenten und Studentinnen sind dabei. Der Höhepunkt der

Auseinandersetzung ist eine »Kampfabstimmung« über die »Entschließungen zur kirchlichen Lage in Deutschland«. Sie wird ein Erfolg für die Bekennende Kirche, deren Anliegen in der Entschließung im wesentlichen übernommen werden. Die Reichskirchendelegation protestiert mit einer Gegenerklärung: »Sie widerspricht der Meinung, als sei im Deutschen Reich die freie Verkündigung des Evangeliums in Wort und Schrift gefährdet und die christliche Erziehung der Jugend nicht gewährleistet. Sie bekennt vielmehr, daß die allgemeinen Verhältnisse im heutigen Deutschland der Verkündigung des Evangeliums viel mehr Möglichkeiten geben als zuvor.«[4]

Dieses Deutschland ist inzwischen ein Polizeistaat mit Pressezensur, Versammlungsverbot und Tausenden von politischen Gefangenen. Mehr oder weniger offen wird aufgerüstet. Man erwartet für die nächste Zeit die Einführung der allgemeinen Wehrpflicht. Dietrich wiederholt in Fanö, was die Familie Bonhoeffer seit der Machtübertragung an die Nazis fürchtet: »Hitler bedeutet Krieg!«

»Was würden Sie in einem Kriegsfall tun, Herr Pastor?« fragt ein schwedischer Konferenzteilnehmer bei einer Diskussionsrunde in den Dünen.

»Ich bitte darum, daß Gott mir dann die Kraft geben wird, nicht zu den Waffen zu greifen«, antwortet Dietrich.[5]

Unter den Delegierten befindet sich auch Jean Lasserre. Er wird sich besonders über die Predigt gefreut haben, die sein Freund und ehemaliger Studienkollege am Union Theological Seminary in der Morgenandacht vom 28. August 1934 hält: »Wie wird Friede? Durch ein System von politischen Verträgen? Durch Investierung internationalen Kapitals in den verschiedenen Ländern? Oder gar durch eine allseitige friedliche Aufrüstung zum Zweck der Sicherstellung des Friedens? Nein, durch dieses alles aus dem einen Grund nicht, weil hier überall Friede und Sicherheit verwechselt wird. Es gibt keinen Weg zum Frieden auf dem Weg der Sicherheit ... Noch einmal darum: Wie wird Friede? Wer ruft zum Frieden, daß die Welt es hört, zu hören gezwungen ist? Nur das eine große ökumenische Konzil der Heiligen Kirche Christi aus aller Welt kann es so sagen, daß die Welt zähneknirschend das Wort vom Frieden vernehmen muß und daß die Völker froh werden, weil diese Kirche Christi ihren Söhnen im Namen Christi die Waffen aus der Hand nimmt und ihnen den Krieg verbietet und den Frieden Christi ausruft über die rasende Welt.«[6]

Genau fünfzig Jahre später wird die Friedensbewegung in beiden deutschen Staaten nach der Aufstellung neuer Mittelstreckenraketen in Europa diese Worte neu hören und ein ökumenisches Konzil des Friedens fordern. Damals bleibt Dietrich ein »Rufer in der Wüste« und ein Prophet, der vor allem im eigenen Land nichts gilt. Jean Lasserre wird mit ihm auf seine mutige

Rede angestoßen haben; seine deutschen Freunde haben wenig Verständnis für solche pazifistischen Töne. Und die Gegner von der Reichskirche beginnen, sich auf ihn einzuschießen.

Im September 1934 ist Dietrich wieder in London. Zwei Dinge will er noch erledigen, bevor er nach Deutschland zurückkehrt: Er will die Loslösung der Londoner Kirchengemeinden vom Reichskirchenregiment erreichen, und er will Mahatma Gandhi in Indien besuchen.

Das erste Vorhaben gelingt, wenn auch die Diskussionen und Verhandlungen länger dauern, als ihm lieb ist. Zumindest die beiden Gemeinden Sydenham und St. Paul's versagen dem Reichsbischof ihre Anerkennung. Am 4. Januar 1935 stimmen die Kirchenvorstände dem Loslösungsbeschluß einstimmig zu. Doch nun ist es für die Indienreise zu spät.

Anfang November 1934 war die Einladung Gandhis eingetroffen, um die sich Dietrich bemüht hatte: »Im Blick auf Ihren Wunsch, an meinem Alltag teilzunehmen, möchte ich Ihnen sagen, daß Sie sich bei mir aufhalten können, wenn ich nicht im Gefängnis bin ...«[7]

Für deutsche Protestanten, die damals in der Mehrzahl weder bereit noch in der Lage waren, über die Grenzen ihres Landes und ihrer Konfession hinwegzusehen, ist Dietrichs Reiseplan einfach nur kurios; was will er in Indien?

Im Sommer 1934 hat Dietrich in London Madeline

Slade, die Tochter eines englischen Admirals, reden hören. Sie nennt sich inzwischen Mira Bai, ist eine Mitarbeiterin Gandhis und hat in Indien einen alternativen Lebensstil gefunden. Gandhi und seine Anhänger leben besitzlos und gewaltfrei und haben aus dieser Freiheit heraus Formen gewaltlosen Widerstands entwickelt, die der Kolonialmacht England schwer zu schaffen machen. Dietrich will die Methode Gandhis vor Ort kennenlernen. Er ist damals noch der Meinung, daß diese Form der Opposition auch gegen die Naziregierung möglich sein könnte. Außerdem hat ihn mal wieder das Fernweh gepackt, die Sehnsucht nach einer fremden Welt; anders als die meisten seiner Kollegen in Kirche und Theologie ist er der Meinung, daß man auch von anderen Kulturen und Religionen etwas lernen kann.

Am meisten Verständnis und Unterstützung findet Dietrich bei der Großmutter; sie hat ihn schon früher ermuntert, die Fahrt nach Indien zu wagen. Die zweiundneunzigjährige alte Dame ist interessiert und couragiert. Sie wird kaum wissentlich nach der Methode Gandhis gehandelt haben, als sie im April 1933 durch die SA-Postenkette hindurch – »Ich kauf' meine Sachen, wo ich will!« – in ein jüdisches Geschäft ging. Aber genau diese Strategie des »zivilen Ungehorsams« hätte damals noch den Weg in die Diktatur aufhalten können – wenn es nur genug Menschen gegeben hätte, die dazu bereit gewesen wären.

Diese Bereitschaft, gewaltfrei Widerstand zu leisten und dafür, wenn es sein muß, zu leiden, will Dietrich für sich lernen und auch seiner Kirche nahebringen. Für ihn ist das der Prüfstein dafür, ob man die Botschaft der Bergpredigt ernst nimmt oder nicht. Sie rückt immer mehr in das Zentrum seines Denkens. Und zugleich ist sie das Eigentliche, was ihn mit Gandhi verbindet; Gandhi, der fromme Hindulehrer, hat später einmal die Bergpredigt Jesu als den Kern seiner eigenen Lehre bezeichnet.

Daß aus der Indienreise nichts wurde, hat Dietrich immer bedauert. Um so mehr nutzt er die verbleibende Zeit in England zur Erarbeitung eines Standpunkts und eines Konzepts für die Arbeit, die ihn in der Heimat erwartet. Er entwirft die ersten Kapitel eines neuen Buches: Die »Nachfolge« soll eine neue Auslegung und Aktualisierung der Bergpredigt werden. Er diskutiert darüber mit Freunden und Kollegen. Er fragt mit einer für viele ungewohnten Heftigkeit nach der heutigen Bedeutung ihrer Botschaft; und er behauptet die Verbindlichkeit ihrer Gebote.

»Wollte man Bonhoeffer zum Diskutieren bringen, so brauchte man nur das Thema Ehescheidung oder Pazifismus anzurühren. Seine Einstellung *gegen* ersteres und *für* letzteres war so eindeutig und bewußt, daß die Diskussion sehr bald im Argumentieren endete, vermutlich weil wir entgegengesetzter Meinung waren«[8], erzählen Lawrence B. Whitburn und seine Frau, bei denen Dietrich oft zu Gast gewesen ist.

Die Bergpredigt, die eine Art »Katechismus« oder auch »Grundgesetz« der christlichen Urgemeinde gewesen sein mag, spiegelt wider, was die Jesusbewegung als alternative Lebensform zu praktizieren versuchte: Gewaltfreiheit, Feindesliebe, Gerechtigkeit und die Erfüllung menschlicher Gemeinschaftsformen wie Freundschaft und Ehe nicht nach »Buchstaben«, sondern nach dem Geist der Gebote Gottes. Dietrich, der schon als Kind als ein »intensiver« Mensch galt, fühlt sich dadurch wohl auch persönlich angesprochen. Halbheiten liegen ihm nicht. Wahrscheinlich ist das auch der Grund dafür, daß er in seinem Leben nur sehr wenige wirklich enge Beziehungen eingegangen ist; Liebesbeziehungen »auf Zeit« einzugehen, wie es sein unruhiger Lebensstil vielleicht nahegelegt hätte, wäre für ihn undenkbar gewesen.

Für Dietrich fängt in dieser Zeit eine Lebensphase an, in der er, wie er später sagt, den Versuch macht, »so etwas wie ein heiliges Leben zu führen«[9]. Neu ist dieser Gedanke nicht; denn die »Gemeinschaft der Heiligen«, die besondere Art der christlichen Gemeinde, in der Welt zu leben, hatte ihn ja schon früher beschäftigt. Nun aber hat sich die Fragestellung radikalisiert; denn die herkömmliche Existenzform dieser Gemeinde, die Kirche, ist dort, wo er leben wird, zerschlagen – und er soll helfen, neue Formen zu finden und aufzubauen.

Wie aber soll das gehen, ohne daß die, die diese neue Kirche wollen, sie selbst verkörpern, sie mit ihrer ganzen menschlichen Existenz sichtbar machen?

Dietrich geht es um diese Ganzheit, die Ablehnung halber Entscheidungen, falscher Rücksichten und fauler Kompromisse. Das aber bedeutet in einer Zeit, in der es um Entweder-Oder geht, die Trennung von bürgerlicher Sicherheit und die Auflösung von Beziehungen, die das ungeteilte Eintreten für Gerechtigkeit und die freiwillige Übernahme der Verfolgungssituation hindern. Es scheint, als habe Dietrich seine Zeit in London dazu genutzt, innerlich den Schritt hinter die Grenze bürgerlichen Lebens zu vollziehen. Insofern wird er wirklich ein »Heiliger«, einer, der sich außerhalb der Gesellschaft und der Kirche zu stellen bereit ist, wenn es die Sache Gottes verlangt.

Trotzdem wäre es falsch, anzunehmen, daß dieser Schritt für Dietrich Selbstentsagung und Verzicht bedeutet. Eher kommt er ein Stück weiter zu sich selbst. Er beginnt jene biblische Dialektik zu begreifen, nach der derjenige das Leben gewinnt, der es verliert.

Vor seiner Abreise aus London schreibt er an Sabine und Gerhard Leibholz: »Ich gehe ungern weg – aber mehr aus schon sehr bürgerlichen Sicherheitsgefühlen heraus – und die darf man gar nicht erst groß werden lassen – sonst ist das Leben gar nichts mehr wert und macht auch keine Freude mehr. Also, auf baldiges Wiedersehen!«[10]

»Wer sich wissentlich von der Bekennenden Kirche trennt, trennt sich vom Heil!«

1935–1936

Am 26. April 1935 beginnt der erste Kurs im Predigerseminar der Bekennenden Kirche in Zingst an der Ostsee. Der Bruderrat der evangelischen Kirche der altpreußischen Union hatte es für die Vikare aus Pommern eingerichtet. Zwei Monate später bezieht der Kurs das endgültige Domizil, die Räume einer von den Nazis aufgelösten Privatschule in Finkenwalde bei Stettin. Der Direktor des Seminars ist kaum älter als die Kandidaten: Dietrich Bonhoeffer, neunundzwanzig Jahre alt, Privatdozent für Theologie und Pfarrer der Bekennenden Kirche, angestellt vom Bruderrat, finanziert durch freiwillige Spenden, Gehalt 360 Reichsmark. Das ist damals ein unteres Beamtengehalt.

Die Bekennende Kirche in Preußen ist eine »Notkirche« gegen das etablierte Reichskirchenregiment und damit eine Freiwilligkeitskirche. Sie finanziert ihre Aktivitäten und ihre Vikarsausbildung mit den Beiträgen und Spenden ihrer Mitglieder. Wer die Bekennende Kirche unterstützen will, erwirbt einen Mitgliedsausweis, die »rote Karte«. Dietrichs Mutter, die mit der herkömmlichen Kirche immer auf Kriegsfuß stand, hat mit dieser neuen, widerständischen Kirche keine Schwierigkeiten. Sie leistet sich die »rote Karte« und steckt damit auch die Familie an.

Der erste Finkenwalder Kurs rückt nicht nur mit Büchern, sondern mit Säge, Hammer, Pinsel und Farbe an. Die jungen Theologen, die der Reichskirchenführung die Gefolgschaft versagt haben, müssen sich ihre Gegenkirche selbst aufbauen. Sie tun es mit Begeisterung; denn die meisten haben das Deutschchristentum in irgendeiner Form erlebt und wissen, welcher »Kirche« sie den Rücken kehren.

Werner Koch, der als Gast aus Westfalen einen Kurs in Finkenwalde besucht, hatte auf Anweisung des Reichsbischofs einen »Kursus für kirchliche Jugendarbeit« absolvieren müssen. Von den fünfundvierzig Vikaren waren vierzig in SA- oder SS-Uniform erschienen. Fahnenappell, Hitlergruß und nationalsozialistische Schulung sind selbstverständlich.

Werner Koch erinnert sich: »Hoher Besuch wird angesagt: Oberkirchenrat Leffler vom Thüringer Landeskirchenamt will uns einen Schulungsvortrag halten. Seine These: Deutschland hat sein neues Pfingsten erlebt. Als Hitler kam, ist ein Brausen vom Himmel geschehen. Die Fahne mit dem Hakenkreuz, die uns allen voran flattert, das ist der Heilige Geist, sein Feuer, das uns beseelt und uns zu einer nie gekannten Gemeinschaft zusammenschweißt, der einen großen wunderbaren Volksgemeinschaft, die keine Klassen und keine Stände mehr kennt. Was die ersten Jünger zu

Pfingsten erlebt haben und die Begeisterung, die das deutsche Volk heute ergriffen hat, sind das Werk ein und desselben Geistes Gottes, den wir zu Recht den heiligen nennen.

In diesem Stil geht es etwa eine Stunde lang. ›Anschließend kann über den Vortrag gesprochen werden.‹ Ich melde mich als erster zu Wort und erkläre: ›Hier gibt es nichts zu besprechen. Ich habe nur dies eine zu sagen: Was wir gehört haben, widerspricht allen drei Artikeln des christlichen Glaubens. Mit Herrn Leffler befinde ich mich nicht mehr in der gleichen Kirche.‹

Der Oberkirchenrat schnappt nach Luft. So etwas an Dogmatismus sei ihm noch nicht vorgekommen. Und das bei einem jungen Menschen!«[1]

Damit beginnt der Vikar Koch seinen kleinen persönlichen Kirchenkampf mit seinen deutschchristlichen Ausbildern. Und als die Seminare der Bekennenden Kirche zur »Erneuerung des Pfarrerstandes« eröffnet werden, weiß er aus eigener Anschauung, daß eine solche Erneuerung dringend notwendig ist.

Der erste Finkenwalder Kurs besteht aus dreiundzwanzig Kandidaten; sie machen sich zunächst an die Erneuerung ihrer Unterkunft. Die handwerklich weniger Geschickten verfassen Bittbriefe: »Wir wollen jetzt auf dauernd ziehn nach Finkenwalde bei Stettin. Ein altes Gutshaus steht dort frei, das Wohnung für uns alle sei. Doch ist es völlig leer, man denke: nur ein'ge Betten sind und Schränke …«[2]

Das Echo ist beträchtlich; Gemeinden, Sympathisanten und Mäzene schicken Möbel, Bücher, Geld und Kisten mit Obst und Gemüse. Auf diese Weise kommen fünf Kurse über die Runden – und machen die Erfahrung, daß es notfalls auch ohne Staat und Kirchensteuer geht.

Wieder sieht Dietrich seine Aufgabe nicht nur in der Vermittlung theologischen Fachwissens. Die Verbindung von Leben und Lehre erhält in Finkenwalde eine neue Qualität. Es geht nicht nur um eine andere kirchliche Lehre – es geht auch um die Entwicklung eines neuen Lebensstils. Denn keiner der Kandidaten, die bei dem notorischen Oppositionstheologen Dietrich Bonhoeffer ihre Ausbildung erhalten, kann damit rechnen, wohlbestallter Pfarrer der Amtskirche zu werden. Und da sie kaum davon ausgehen können, daß das »tausendjährige Reich« nur zwölf Jahre dauern wird, müssen sie sich über ihre persönliche Lebensperspektive klarwerden.

Auf diese Weise wird das Predigerseminar zu einem Ort der Selbsterfahrung. Und der Herr Direktor, der sich lieber »Herr Pastor« oder »Bruder Bonhoeffer« nennen läßt, steht vor der Aufgabe, nicht nur zu lehren, sondern auch das Zusammenleben einer Gruppe von sehr verschiedenen, eigenwilligen, erwachsenen Männern auf engstem Raum anzuleiten.

Vor seiner Rückkehr aus England hatte Dietrich mehrere Klöster und Kommunitäten besucht. Von ih-

Links oben: Dietrich Bonhoeffer mit seiner Zwillingsschwester Sabine, 1914. Rechts oben: Karl Bonhoeffer mit seinen Söhnen, 1910. Unten: Leseabend in der Familie Bonhoeffer, um 1913

Oben: Dietrich Bonhoeffer (rechts in der Mitte) in seiner Klasse im Grunewald-Gymnasium, um 1920/21. Unten: Freizeit in Prebelow. Dietrich Bonhoeffer mit seinen Studenten, 1932

Oben: Mit Jean Lasserre auf der Konferenz von Fanö, August 1934. Unten: Am Strand der dänischen Insel Fanö

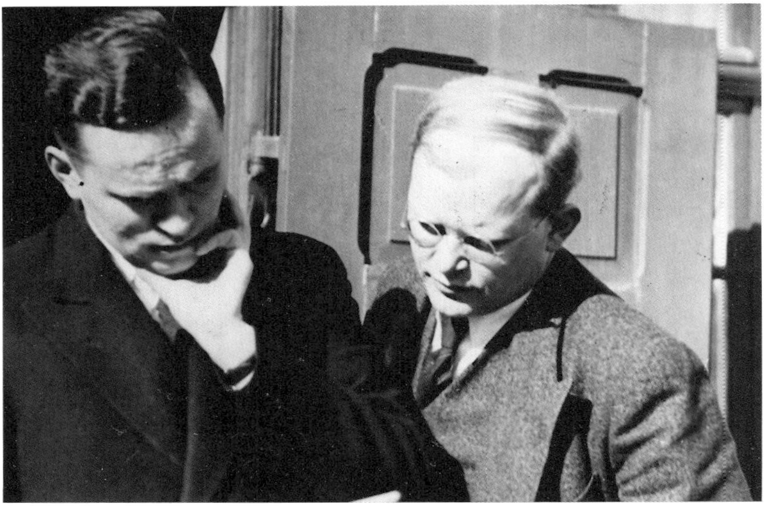

Oben: Zweiter Finkenwalder Kurs, 1936. In der oberen Reihe (l.) Albrecht Schönherr und (r.) Eberhard Bethge. Untere Reihe (4. v. r.) Werner Koch. Unten: Mit Eberhard Bethge im Sammelvikariat Groß-Schlönwitz, Sommer 1938

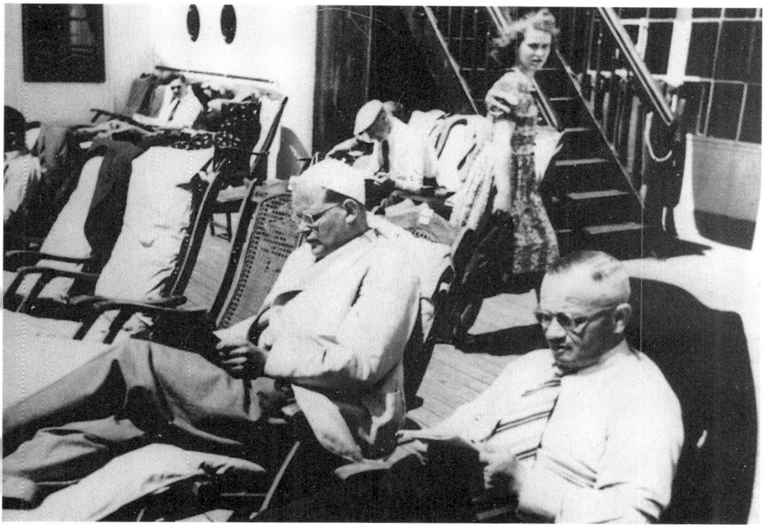

Oben: Während der Überfahrt nach New York an Bord der »Bremen«, Mai 1939.
Unten: Nach der Rückkehr mit seiner Schwester Sabine Leibholz im Garten der Londoner Pension, Juli 1939

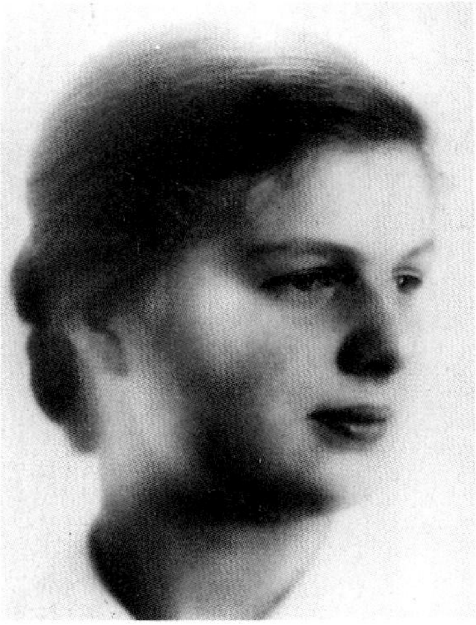

Maria von Wedemeyer

Klaus Bonhoeffer

Hans von Dohnanyi

Rüdiger Schleicher

Karl Barth

Oben rechts: Die Gefängniszelle von Tegel. Unten: Im Hof des Wehrmachtsuntersuchungsgefängnisses Berlin-Tegel, zusammen mit gefangenen Offizieren der italienischen Luftwaffe, Frühsommer 1944

Dietrich Bonhoeffer im Gefängnishof von Tegel, Sommer 1944

nen versucht er manches für das Seminar zu übernehmen: Morgen- und Abendandacht, Meditations- und Schweigezeiten und die Regel, daß nie über einen Mitbruder in dessen Abwesenheit gesprochen werden darf.

So hilfreich diese Reglementierung in der Enge des Gruppenlebens sein kann – es gibt einen Schlafsaal, einige Studienräume und die gemeinsam genutzten Eß-, Gesellschafts- und Musizierzimmer –, bei den meisten Kandidaten löst die ungewohnte Zumutung Protest aus. Sie sind es noch nicht gewohnt, Theologie anders als nur mit dem Kopf zu betreiben. Dietrich, der selbst alles andere als vernunftfeindlich ist, zwingt sie, bei der Meditation Körper und Seele wahrzunehmen. Manchen ist das unheimlich, manchen einfach peinlich. Man rebelliert gegen »das Katholische«, man witzelt über die fernöstlichen Macken des Herrn Direktor – aber der hat offenbar die Energie, dieses und manches andere durchzusetzen, was die Grenzen in den Köpfen deutscher Vikare zu jener Zeit ein bißchen verrückt. Allerdings – »unüberwindlich wurde der Widerspruch, als Bonhoeffer den Vorschlag machte, das schwere deutsche Mittagessen durch einen leichten ›lunch‹ zu ersetzen und die Hauptmahlzeit am Abend zu halten«[3].

Der Seminarleiter ist in jeder Hinsicht unkonventionell. Bei gutem Wetter läßt er den Unterricht ausfallen und fährt mit dem Kurs ans Meer. Immer noch ist er ein ausgezeichneter Sportler und läuft beim Handball schneller als seine Kandidaten. Er organisiert Diskussionsabende und Spielnachmittage, Musikveranstaltungen und Literaturlesungen. Dietrich ist fest davon überzeugt, daß nur in einer gelungenen Form des gemeinsamen Lebens die Widerstandskräfte wachsen können, die die zukünftigen Pfarrer für ihr Leben und ihre Arbeit brauchen werden.

Für ihn selbst scheint dieses Experiment in zweierlei Hinsicht bedeutsam zu sein. Es bewirkt tatsächlich ein Stück weit die ersehnte Aufhebung der Einsamkeit in der »Gemeinschaft der Heiligen«. »Der Sommer 1935 ist für mich die beruflich und menschlich ausgefüllteste Zeit gewesen«[4], schreibt er nach dem ersten Semester in Finkenwalde. Das ist das eine; das andere ist wohl ein weiterer Schritt aus bürgerlichem Besitzdenken und Sicherheitsstreben heraus. Dietrich stellt »seinem« Seminar alles zur Verfügung, was ihm gehört und was ihm wichtig ist: seine Bibliothek, den Bechstein-Flügel, die Schallplatten mit Gospelsongs aus den USA, das kupferne antike Kohlenbecken aus Spanien. Er beansprucht keine Sonderrechte – außer einem eigenen Zimmer – und behandelt seinen Kurs mit ungeteilter Aufmerksamkeit. Alles das schafft nicht nur Anerkennung, sondern auch ein hohes Maß an Identifikation der Vikare mit ihrem Seminar und ihrem Seminarleiter. Sie werden dieses Zusammengehörigkeitsgefühl brauchen können; denn die erste Bewährungsprobe kommt bereits auf sie zu.

Im Sommer 1935 ändert die NS-Regierung ihre Kirchenpolitik. Hitler kommt der Bekennenden Kirche insofern entgegen, als er die radikalsten unter den Deutschen Christen aus dem Verkehr zieht und den Reichsbischof fallenläßt. Schließlich soll der innerkirchliche Streit nicht mehr Staatsgegner produzieren, als nötig ist. Daß viele Vertreter der Bekennenden Kirche sich mit dem Staat aussöhnen möchten, ist bekannt. Darauf baut Hitlers »Befriedungskonzept«. Er ernennt einen national gesinnten evangelischen Biedermann, Hans Kerrl, zum Kirchenminister, und der beauftragt den allgemein angesehenen Generalsuperintendenten Zoellner mit der Bildung von Kirchenausschüssen. In ihnen sollen gemäßigte Deutsche Christen, Vertreter der Bekennenden Kirche und Neutrale vertreten sein.

Obwohl im Aufruf zur Mitarbeit in den Kirchenausschüssen die Bejahung der »nationalsozialistischen Volkwerdung auf der Grundlage von Rasse, Blut und Boden« zum Ausdruck gebracht wird, findet sich ein großer Teil der Bekennenden Kirche zur Zusammenarbeit bereit. In der Meinung, im Kampf gegen deutschchristliche Irrlehren genug für das Evangelium getan zu haben, löst sie sich als Gegenkirche auf. Man nennt sich nicht mehr Bekennende Kirche, sondern Bekenntnisbewegung. Wer nicht mitmachen will, gilt als kleine radikale Minderheit; man spricht ihr das Recht ab, sich Bekennende Kirche zu nennen, und bezeichnet sie polemisch als »Bekenntnisfront«.

Das Notkirchenregiment in der evangelischen Kirche der altpreußischen Union erhält nun endgültig den Stempel der Staatsfeindlichkeit – und die von ihm errichteten Predigerseminare werden am 2. Dezember 1935 in der Verordnung des Kirchenministers »zur Sicherung der Evangelischen Kirche« für illegal erklärt.

Die Finkenwalder erfahren davon am gleichen Tag aus der Stettiner Abendzeitung. An diesem Montag abend ruft Dietrich seinen Kurs zusammen und schildert den Kandidaten die Lage, die einige Tage später einer von ihnen in einem Brief so beschreibt: »Alles, was wir hier tun, ist illegal und wider das staatliche Gesetz. Nach Zeitungs- und Rundbriefverboten sind uns Abzüge von Vervielfältigungsapparaten verboten ... Die Kirchenausschüsse sind die spanische Wand, hinter der die Kirche erdolcht wird.«[5] Und in einem Brief des Bruderrates steht: »Wir können Ihnen keine Sicherung dafür geben, daß Sie angestellt werden, Gehalt bekommen, von irgendeiner staatlichen Stelle anerkannt werden. Es kann sein, daß Ihr Weg in die Zukunft sehr schwer sein wird ...«[6]

Dietrich stellt seinen Kandidaten frei zu gehen. Er selbst würde bleiben, wenn auch nur einer von ihnen weiter mitmache. Alle bleiben. Und auch die nächsten

Finkenwalder Kurse werden voll. Aber die persönlichen Auseinandersetzungen über Fragen der eigenen Zukunft werden dringlicher, und sie sind verbunden mit der Frage, was Kirche ist und was nicht. Die Kirchenausschüsse behaupten, die »Volkskirche« wiederhergestellt zu haben. Sie bieten den Kandidaten der Predigerseminare die »Legalisierung« und damit das Pfarramt an, wenn sie sich einer Prüfung vor dem kirchlichen Konsistorium unterziehen.

Das bedeutet nun, daß jeder einzelne angehende Pfarrer mit dieser Entscheidung allein ist. Denn auch die dritte und letzte Bekenntnissynode in Bad Oeynhausen im Februar 1936 bezieht dazu keine klare Stellung. Vielmehr vollzieht sich dort endgültig die Trennung zwischen dem breiten kompromißbereiten und dem kleinen entschiedenen Flügel der ehemaligen Bekennenden Kirche. Zu letzterem gehören die Bruderräte der altpreußischen Union, von Oldenburg, Bremen und Nassau-Hessen. Sie wählen eine vorläufige Kirchenleitung und damit den Weg in eine unterprivilegierte Freiwilligkeitskirche.

Die Frage, wo die wahre Kirche sei, stellt sich jetzt erst recht. Für die Kandidaten sieht sie so aus: »In welcher Lage sind wir jungen Brüder gegenüber denen, die sich von den Ausschüssen prüfen oder ins Amt einweisen lassen? Trennt uns von ihnen nur eine Gewissensentscheidung oder das Wort Gottes?«[7]

Diese Frage mag nicht einmal die »Vorläufige Kirchenleitung« eindeutig beantworten. Dafür tut es Dietrich. Seine These lautet: Kirche und Unkirche können keine Gemeinschaft miteinander haben. Wenn die Bekennende Kirche sich nicht selbst verraten und verkaufen will, muß sie die Beschlüsse von Barmen und Dahlem aufrechterhalten; und das bedeutet die deutliche Trennung vom Reichskirchenausschuß und von dem erneuten Versuch der Vereinnahmung durch den Staat. In diesem Zusammenhang – in einem Aufsatz über die »Kirchengemeinschaft« – fällt der Satz: »Wer sich wissentlich von der Bekennenden Kirche trennt, trennt sich vom Heil!«[8] Kolportiert wird dieser Ausspruch in sehr vereinfachter Form: »Wer keine rote Karte hat, kommt nicht in den Himmel!«

Die Aufregung ist groß; abwechselnd wird Dietrich Irrlehre, Schwärmerei und Katholizismus vorgeworfen. Er bleibt dabei ziemlich gelassen: Wenn sich der Pulverdampf verzogen habe, werde man ihm sowieso recht geben müssen: »Entweder ist die Barmer Erklärung ein wahres Bekenntnis zu dem Herrn Jesus, das durch den Heiligen Geist gewirkt ist – dann hat es kirchenbildenden und kirchenspaltenden Charakter; oder es ist eine unverbindliche Meinungsäußerung etlicher Theologen ...«[9] Und einem, der meint, auch in der falschen Kirche als Pfarrer Gutes und Richtiges wirken zu können, entgegnet er: »Wenn man in einen falschen Zug einsteigt, nützt es nichts, wenn man im Gang entgegen der Fahrtrichtung läuft.«[10]

»Bonhoeffer eignete das, was unserer Kirche als ganzer und uns Christen im besonderen so sehr fehlt«, sagt Albrecht Schönherr, Bonhoeffer-Schüler und späterer Vorsitzender Bischof des DDR-Kirchenbundes, »er wollte, was er dachte. Und er dachte scharf und konsequent.«[11]

Trotzdem – nicht alle Teilnehmer der Finkenwalder Kurse halten die radikale Opposition durch. Immer wieder geht einer »zum Konsistorium«, läßt sich von den Kirchenausschüssen legalisieren und anstellen. Zu groß ist der soziale und familiäre Druck, vor allem auf diejenigen, die aus weniger großzügigen Verhältnissen kommen. Dietrich wird ihnen nicht recht geben, aber er wird sie verstehen. Er ist sich seiner Privilegien wohl bewußt: Mit seinen gesellschaftlichen Beziehungen und seinem familiären Hintergrund würde er immer irgendwie unterkommen. Für die meisten »illegalen« Vikare gilt das nicht.

Er wolle auch einmal »ungeborgen« sein, hat Dietrich gegenüber seiner Schwester Susanne geäußert, er könne sonst die anderen nicht wirklich verstehen. Nun sucht er die »Ungeborgenheit« seiner Kandidaten wenigstens weitgehend zu teilen und seine Privilegien für sie nutzbar zu machen. Er läßt einen seiner Seminaristen im Krankenhaus auf eigene Kosten von der dritten in die zweite Klasse verlegen; er organisiert Unterstützung für die ersten Verfolgten in der schärfer werdenden Konfrontation zwischen Bekenntnisbewegung und Staat. Er teilt sein Gehalt mit ehemaligen Seminaristen, die ihn bei der Arbeit unterstützen. Aber sein ureigenes, persönliches Opfer ist wohl der Entschluß, auf die Ehe zu verzichten und die Beziehung zu einer Frau zu beenden, die ihm viel bedeutet und die er in »normalen« Zeiten sicher geheiratet hätte.

Über diese Seite in Dietrichs Leben ist nicht viel bekannt. Das liegt einmal daran, daß die beiden einzigen Frauen, zu denen er eine nähere Beziehung eingegangen ist, das wenige Private in Dietrich Bonhoeffers öffentlichem – und veröffentlichtem – Leben wohl auch ein wenig zu schützen versuchten.

Der zweite Grund liegt darin, daß es Zeiten gibt, in denen das persönliche Glück einfach nicht »dran« ist. Bertolt Brecht, der in den dreißiger Jahren im Exil in Dänemark sitzt und später mit seiner Frau, seinen zwei Kindern und zwei besonders gefährdeten Freundinnen und Mitarbeiterinnen vor den Hitlerarmeen von Land zu Land flieht, schreibt über sein Leben in dieser Zeit:

»Mein Essen aß ich zwischen den Schlachten. Schlafen legte ich mich unter die Mörder. Der Liebe pflegte ich achtlos und die Natur sah ich ohne Geduld. So verging die Zeit, die auf Erden mir gegeben war ...«[12]

Dietrich, der keine halben Sachen macht, entschließt sich nach der Illegalisierung des Seminars endgültig, nur noch für seine Kandidaten dazusein. Er ahnt wohl auch, daß die Rücksicht auf eine Ehefrau und eine Familie jene Kompromißlosigkeit erschwert, die er von sich und den zukünftigen Pfarrern einer Untergrundkirche fordert. Er will nicht erpreßbar sein. Und natürlich will er, der zeit seines Lebens nicht in normalen Einkommens- und Anstellungsverhältnissen leben wird, niemanden sonst mit dieser Unsicherheit belasten. Da denkt Dietrich ganz bürgerlich: Geheiratet wird erst, wenn ein Mann in gesicherten Verhältnissen lebt und eine Familie ernähren kann!

Dabei ist gar nicht einmal so sicher, ob die Frau, von der er sich nun verabschiedet, das überhaupt von ihm erwartet. Denn die Beziehung hat so gar nichts von dem, was Dietrich eigentlich – ganz im Sinne der konservativen kirchlichen Männermoral – über die Rolle der Frau als »Gehilfin des Mannes« denkt und auch äußert. Ungewöhnlich ist schon, daß sie Theologin ist, promoviert und engagiert in der Bekennenden Kirche – und zwar zu einer Zeit, in der die meisten Theologen den »Dienst der Theologin« noch grundsätzlich ablehnen. Das tut Dietrich offenbar nicht; ein wichtiger Bestandteil ihrer Freundschaft ist die theologische Diskussion und die kirchenpolitische Aktion. Zusammen unterschreiben sie Aufrufe der Bekennenden Kirche und sorgen für ihre Verbreitung. Die Auseinandersetzung um Männer- und Frauenrechte in der Kirche tritt dabei in den Hintergrund: »Während des Kirchenkampfes wurde in der Bekennenden Kirche weniger über die Unterschiede von Mann und Frau reflektiert, als daß man die Zusammengehörigkeit im gemeinsamen Kampf und gegenüber *einer* Front empfand. Man stand zusammen und trat füreinander ein – das war vordringlich.«[13]

Dieses Gefühl der Zusammengehörigkeit übersteht auch lange Phasen der Trennung; da Dietrich im Grunde immer nur »zwischendurch« in Berlin ist, spielt sich das Wesentliche dieser Beziehung in Briefen ab – bis die politische und kirchliche Situation eben jene Entscheidung herbeiführt, in der sich die Wege der beiden trennen. Sie vereinbaren, alle Briefe zu vernichten – wohl um sich völlig für Zukünftiges freizugeben. Nur ein Abschiedsbrief ist erhalten geblieben, in dem Dietrich in seltener Offenheit über sich selbst Auskunft gibt: In ihm stehen jene Aussagen, die Dietrichs Kampf mit seinem Narzißmus, seinen wissenschaftlichen Ehrgeiz und seine Befreiung durch die Bergpredigt erkennen lassen. In ihm wird auch deutlich, von wieviel Selbstkritik der neue Versuch, so etwas wie ein »heiliges Leben« zu führen, begleitet ist: »Vor mir steht der Beruf. Was Gott daraus machen will, weiß ich nicht. Es ist bei mir immer noch viel Ungehorsam und Unlauterkeit im Beruf. Ich ertappe mich täglich dabei. Aber der Weg muß durchgegangen werden. Vielleicht dauert er gar nicht mehr so lang ...«[14]

Für die nächste Zeit wird die Arbeit und das gemeinsame Leben in Finkenwalde für Dietrich der eigentliche Lebensinhalt. In der Konzentration auf das, was ihm wirklich wichtig ist, wirkt er faszinierend auf seine Umgebung: »Nach einem solchen Leben aus einem Guß, nach solchem Vorbild sehnt sich der junge Mensch«[15], sagt Albrecht Schönherr; in ihm sei man einem ganz einheitlichen Menschen begegnet.

Doch Dietrich, der angehende »Heilige«, hat damit auch seine Schwierigkeiten. Später wird ihm klarwerden, daß mit dem »heilig« sein wollen der alte Narzißmus durch die Hintertür wieder hereinkommt – und mit ihm Phasen der Einsamkeit, des Selbstzweifels und der Depression. Die alte Distanziertheit des Großbürgers gegenüber Menschen, die nicht aus dem eigenen »Stall« sind, macht ihm weiter zu schaffen. Noch schlimmer: Viele Kandidaten denken gar nicht daran, seinen Ansprüchen an die »Gemeinschaft der Heiligen« zu genügen. Sie gehen ausgerechnet am Pfingstsonntagnachmittag in der nächsten Dorfkneipe tanzen – und haben gar kein Verständnis dafür, daß »Bruder Bonhoeffer« daran Anstoß nimmt.

Einfacher wird die Sache für ihn, als er nach anfänglichen Schwierigkeiten mit einem Teilnehmer des ersten Kurses eine enge Freundschaft schließt, die ihn durch die nächsten Jahre hindurch begleitet. Eberhard Bethge ist die ideale Ergänzung zum oft so zugeknöpften Dietrich; er sei von einer »mitreißenden Lebendigkeit« gewesen, erinnern sich seine Studienkollegen. Selbst nicht aus großbürgerlichen Verhältnissen kommend, kann er zwischen dem Herrn Direktor und den Kandidaten manches vermitteln. Er ist anders als Dietrich, aber auf seine Art ebenso souverän.

Später, in der Gefängniszelle in Tegel, hat Dietrich in einem Romanfragment in verschlüsselter Form den Beginn und die Bedeutung dieser Freundschaft zum Ausdruck gebracht. »Ich möchte sagen, damals wurden wir beide durcheinander erst zu Menschen ... Nicht das, was wir beide verloren, nämlich unseren Anspruch, als Halbgötter allein auf der Welt zu sein, sondern was wir gewannen, nämlich das menschliche Leben in der Gemeinschaft mit einem anderen Menschen, war das Entscheidende.«[16]

Mit Eberhard zusammen versucht sich Dietrich an einer neuen sozialen Form; sie gründen mit drei weiteren Kandidaten das Bruderhaus, eine Art evangelische Kommunität, deren Mitglieder sich zu Besitzlosigkeit, Gütergemeinschaft, Ehelosigkeit und Einsatz für die Sache Christi in der Welt verpflichten. Dietrich schreibt in seinem Buch »Nachfolge«: »Das Leben Jesu Christi ist auf dieser Erde noch nicht zuende gebracht. Christus lebt es weiter in dem Leben seiner Nachfolger.«[17]

Daß dieser Nachfolger nicht der »einsame Held« ist, sondern seine Kraft aus der Solidarität mit anderen erhält, ist Dietrichs wichtigste Erfahrung aus dem Finkenwalder Experiment.

Als die ersten illegalen Vikare ihren illegalen Dienst

in den weit verstreut liegenden Bekenntnisgemeinden antreten, beginnt er eine intensive Besuchertätigkeit und Betreuung: Keiner, der sich als Verkörperung der wahren Kirche Christi in eine ungewisse Zukunft hineinstellt, soll damit allein bleiben. Als der Druck des Staates auf die Bekenntnisbewegung wächst, schreibt Eberhard Bethge im Finkenwalder Rundbrief: »Liebe Brüder, wir wollen uns fest versprechen, daß wir uns immer, wenn uns die Anfechtung über den Weg der Bekennenden Kirche zu stark wird, an einen Bruder, der fest im Bruderrat steht, oder nach Finkenwalde wenden. Wir sind es unserer Bruderschaft schuldig.«[18]

»Nur wer für Juden schreit, darf gregorianisch singen!«

1936–1938

Seinen dreißigsten Geburtstag feiert Dietrich im Kreis seiner Finkenwalder Freunde und Kandidaten. Er erzählt von Mexiko und Spanien, von London und New York. Reisefieber kommt auf und der Wunsch nach einer gemeinsamen Auslandsreise. In kurzer Zeit hat Dietrich alles Notwendige in die Wege geleitet: Das Predigerseminar wird von der schwedischen Kirche zu einer Studienreise vom 1. bis 10. März 1936 eingeladen. Für die Seminaristen, die gerade ihre erste große Belastungsprobe der Illegalisierung hinter sich haben, ist die Schwedenreise eine große Ermutigung. »Wir waren erstaunt über die Klarheit, mit der man unsere Lage sah und unsere Haltung verstand, besonders aber darüber, mit welcher Klarheit von den lutherischen Professoren die Haltung unserer lutherischen Bischöfe abgelehnt wurde.«[1]

Solche Rückenstärkung können die Finkenwalder brauchen! Denn gerade hat sich auf der Oeynhausener Synode gegen die kompromißlosen Bruderräte der »Rat der Evangelisch-Lutherischen Kirche in Deutschland« gebildet, der mit den staatlichen Kirchenausschüssen zusammenarbeiten und damit die Privilegien einer Volks- und Staatskirche retten will.

Die Finkenwalder haben sich gerade von diesen Privilegien verabschiedet: »Man kann nicht mehr, wie früher, in seiner bürgerlichen Existenz zugleich eine christliche Existenz führen.« Heute heiße es »Bekenntnis zu Christus und damit Absage an alle anderen Götter dieser Welt«[2].

Daß deutsche Theologen sich im Ausland so eindeutig äußern, bringt wieder einmal das kirchliche Außenamt und damit Bischof Heckel auf den Plan: »Das Reichs- und Preußische Ministerium für die kirchlichen Angelegenheiten sowie das Kirchliche Außenamt warnen vor Pastor Bonhoeffer, weil sein Wirken den deutschen Interessen nicht dienlich sei ... Über sein Auftreten bitte ich ergebenst zu berichten«[3], schreibt das Auswärtige Amt an die deutsche Gesandtschaft in Stockholm, nachdem man von Heckel die entsprechenden Auskünfte erhalten hat. Und dieser nimmt die Auftritte Bonhoeffers in Schweden zum Anlaß, den unbequemen Ökumeniker endlich loszuwerden:

»Da der Vorwurf gegen ihn erhoben werden kann, daß er Pazifist und Staatsfeind ist, dürfte es angebracht sein, daß der Landeskirchenausschuß sich deutlich distanziert und Maßnahmen ergreift, daß nicht länger deutsche Theologen von ihm erzogen werden.«[4] Diese Denunziation – die die evangelische Kirche in der Bundesrepublik später nicht daran hindert, Heckel zum Bischof für die Vertriebenen zu ernennen – kostet Dietrich die Lehrerlaubnis an allen deutschen Universitäten und insbesondere an der Theologischen Fakultät in Berlin, wo er immer noch regelmäßig Vorlesungen gehalten hat. Seine Tätigkeit in Finkenwalde ist davon nicht berührt: Dort untersteht er weder dem Staat noch dem Kirchenausschuß. Als er aber seinen berühmten Aufsatz über die Kirchengemeinschaft veröffentlicht, gerät die Bekennende Kirche seinetwegen unter Beschuß. Dietrich schreibt an Erwin Sutz: »Übrigens bin ich jetzt wegen meines Aufsatzes der geschmähteste Mann unserer Richtung. Neulich hat sogar irgendein ›lutherischer‹ Verein beantragt, ich müsse aus dem Lehramt der Bekennenden Kirche entfernt werden. Es wird noch dahin kommen, daß das Tier – das ist der Gegenspieler Gottes in der Apokalypse des Johannes – vor dem sich die Götzenanbeter neigen, eine verzerrte Lutherphysiognomie trägt …«[5]

Die Finkenwalder werden immer mehr zur Avantgarde in der Bekennenden Kirche; die empfindet die jungen Radikalen und ihren »Anführer« jedoch manchmal auch als Belastung. Aber der verstärkte Druck von außen führt zu noch entschiedeneren Positionen.

Das ist der Hintergrund, auf dem in diesen Monaten Dietrichs bekanntestes Buch, die »Nachfolge« entsteht. Es beginnt mit einer Absage an eine lutherische Position, die der Kirche die Verkündigung des »reinen Evangeliums« von der Gnade Gottes verordnet und die Welt ihrer »Eigengesetzlichkeit« überläßt. »Billige

Gnade ist der Todfeind unserer Kirche ... Schleuderware, verschleuderte Vergebung ... Gnade ohne Preis, ohne Kosten ... In dieser Kirche findet die Welt billige Bedeckung ihrer Sünden, die sie nicht bereut und von denen frei zu werden sie erst recht nicht wünscht ... Weil Gnade doch allein alles tut, darum kann alles beim alten bleiben ... Man kann die Tat Luthers nicht verhängnisvoller mißverstehen als mit der Meinung, Luther habe mit der Entdeckung des Evangeliums der reinen Gnade einen Dispens für den Gehorsam gegen das Gebot Jesu in der Welt proklamiert.«[6]

Damit ist Dietrich bei seinem Thema: Wie zeigt sich heute der Gehorsam gegen das Gebot Jesu? Seine Antwort lautet: indem man ohne Kompromisse nach der Bergpredigt zu leben versucht. Das aber ist für ihn nicht Rückzug in ein christliches Ghetto, in dem man weitab von der Welt eine persönliche Frömmigkeit vervollkommnet, sondern Grundsatzprogramm einer Oppositionskirche, die der Welt nicht erlaubt, zu tun, was sie will. Der katholische Theologe Tiemo Rainer Peters betont, daß man die »Nachfolge« mißversteht, wenn man sie aus dem politischen Zusammenhang, in dem sie entstanden ist, herausreißt: »Nachfolge meinte auch ein kirchliches und politisches Programm. Das Buch beschreibt nicht diese Politik, aber inspiriert und initiiert sie.«[7]

Die kirchenöffentliche Ablehnung der Oppositionskirche festigt aber auch die Finkenwalder Gemeinschaft. Die Form des gemeinsamen Lebens, die Kommunität, die »nicht klösterliche Abgeschiedenheit, sondern innerste Konzentration für den Dienst nach außen« bedeutet, soll vor allem die Bereitschaft zum Widerstand stärken. Sie ist nicht Selbstzweck oder Realitätsflucht wie bei anderen Gruppen, die um diese Zeit entstehen und die die kirchenpolitische Misere durch den Rückzug in neue liturgische Formen, religiöse Ästhetik, Meditation und Gesang bewältigen möchten. Ihnen hält Dietrich entgegen: »Nur wer für Juden schreit, darf gregorianisch singen!«[8]

Es gibt nicht viele Christen in Deutschland, die für Juden schreien. Die meisten jüdischen Pfarrer sind bereits aus ihrem Amt entlassen. Einer von ihnen ist Ernst Flatow, dem das Evangelische Konsistorium der Rheinprovinz bescheinigt: »Flatow hat in seinem Äußeren und in seinem Wesen so in die Augen springend diejenigen Merkmale an sich, die von dem Volke als der jüdischen Rasse eigen angesehen werden, daß eine Beschäftigung in einer Gemeinde unmöglich ist.«[9] Seine Spur verliert sich 1943 in den Vernichtungslagern.

Daran, daß der Kampf gegen das Judentum in Deutschland auf ihrem Programm steht, haben die Nazis von Anfang an keinen Zweifel gelassen. Im September 1935 machen die »Nürnberger Rassegesetze« Juden zu Bürgern ohne Recht. Das Schild »Juden unerwünscht« hängt nun in Kinos und Schwimmbädern, in Restaurants und Universitäten. »Mischehen« sind verboten, Liebesbeziehungen zwischen »Ariern« und »Juden« verfemt. Sabine Leibholz: »Es gab Zeiten, wo ich bei jedem Klingeln nervös war, denn es wurden hin und wieder gegen Abend jüdische Menschen ›besucht‹, und man erzählte auch, daß einige im Nachthemd durch die Straßen getrieben, andere abgeholt worden wären ... man war ja vogelfrei.«[10]

Zur gleichen Zeit meldet die Staatspolizeistelle Bielefeld, daß die führenden Männer der Bekennenden Kirche »die Stellung des Staates zur Judenfrage grundsätzlich bejahen«[11]. Zwar verteidigen sie Judenmission und Judentaufe; aber die staatliche »Judenpolitik« gegen den »Feind« und »Schädling« des Volkes halten sie für berechtigt. Noch deutlicher werden die Stellungnahmen der »gemäßigten« Bekenner nach der Einigung im Reichskirchenausschuß: »Unsere Evangelische Kirche ist judenreiner als irgendeine andere Organisation«[12], verkündet der württembergische Landesbischof Wurm 1937 in der Stuttgarter Stiftskirche.

Damit verschärfen sich noch einmal die Fronten im Kirchenkampf. Denn die Radikalen von der »Bekenntnisfront« stehen jetzt nicht nur innerhalb der Gesellschaft, sondern auch in ihrer Kirche auf verlorenem Posten – und mit ihnen zahlreiche einzelne Christen an der Basis, die ohne den Segen ihrer Kirchenleitung auf eigene Faust das tun, was ihnen ihr Gewissen befiehlt. Sie handeln ohne jede Rückendeckung und ohne kirchlichen Schutz, wenn sie jüdische Freunde verstecken, politisch Verfolgte unterstützen oder im Gottesdienst für die verhafteten Bekenntnispfarrer beten. Damit wird die radikale Bekenntnisbewegung zunehmend Ziel staatlicher Repression; die Bekennende Kirche hat ihr so wenig entgegenzusetzen wie der Verfolgung der Juden. Vergeblich mahnt die Leiterin der Inneren Mission von Berlin-Zehlendorf, Marga Meusel, zur Solidarität mit den »nichtarischen« Christen: »Wie kann die Kirche immer wieder freudige Bekenntnisse zum nationalsozialistischen Staat ablegen, die doch politische Bekenntnisse sind und sich gegen das Leben eines Teils ihrer Mitglieder richten?«[13]

Nur die Vertreter des radikalen Flügels der Bekennenden Kirche, die an der Notkirchenregierung festgehalten haben, entschließen sich zu einer Stellungnahme. Es wird die einzige offizielle kirchliche Verlautbarung sein, in der die Menschenrechtsverletzungen des NS-Staates verurteilt werden. Und sie wird den ersten Toten im Kirchenkampf fordern.

In der Stellungnahme der Zweiten Vorläufigen Leitung der entschiedenen Bekennenden Kirche ist die Handschrift Dietrich Bonhoeffers deutlich zu erkennen. Neben der Entchristlichung des öffentlichen Lebens in Deutschland werden Rechtsunsicherheit, staatliche Willkür und Antisemitismus angeprangert: »Wenn den Christen im Rahmen der nationalsozialistischen Weltanschauung ein Antisemitismus aufgedrängt wird, der zum Judenhaß verpflichtet, so steht für ihn dagegen das christliche Gebot der Nächstenliebe.« Der Ton ist durchaus vorsichtig, und das Ganze ist als Denkschrift formuliert, die zunächst nur an Hitler selbst gerichtet werden soll. »Was wir in diesem Schreiben dem Führer gesagt haben, mußten wir sagen in der Verantwortung unseres Amtes. Die Kirche steht in der Hand des Herrn.«

Man möchte erst eine Reaktion des »Führers« abwarten, bevor man mit einem Teil der Denkschrift per Kanzelabkündigung in die Öffentlichkeit tritt. Aber die Reaktion bleibt aus – und die Vorläufige Kirchenleitung will den Konflikt mit dem Staat nicht von sich aus eskalieren. Da platzt am 23. Juli 1936 wie eine Bombe in den Kirchenkampf hinein die Veröffentlichung der Denkschrift in den Basler Nachrichten.

Noch weiß keiner, wie das geheime Dokument ins Ausland gelangt ist. Aber jeder in der Bekenntnisbewegung weiß, welche Folgen diese Veröffentlichung haben wird. Sofort wird die gesamte Bekennende Kirche mit »Hoch- und Landesverrat« in Verbindung gebracht. Der »Lutherische Rat« bricht endgültig mit den kompromißlosen Bruderräten. Und diese fürchten bei aller Bereitschaft zum Widerstand nichts mehr als den Verdacht, »vaterlandslose Gesellen« zu sein. Sie distanzieren sich Hals über Kopf von denen, die der ausländischen Presse die Denkschrift zugespielt haben könnten.

Der Verdacht fällt sofort auf den Mann, der eine der beiden Kopien des Dokuments aufbewahrt. Friedrich Weißler ist promovierter Jurist und evangelischer Christ jüdischer Herkunft. Die Nazis hatten den ehemaligen Landgerichtsdirektor vertrieben. Die Notkirchenregierung hatte ihn als juristischen Berater eingestellt. Jetzt ist er Kanzleichef der Vorläufigen Leitung und für die Nazis der ideale Sündenbock. Denn als sich herausstellt, daß er zumindest indirekt in die Sache verwickelt ist, können und wollen ihn auch die eigenen Leute nicht mehr halten. Er wird nach seiner Verhaftung von der Vorläufigen Kirchenleitung entlassen und damit als der Schuldige präsentiert.

Was wirklich geschehen ist, wird erst nach und nach klar. Zwei Bonhoeffer-Schüler haben die Veröffentlichung in die Wege geleitet: der Vikar Werner Koch, der schon länger die inoffizielle Pressearbeit der Bekenntnisbewegung übernommen hatte, und der Pfarrer Ernst Tillich, der wohl auf eigene Faust die Denkschrift abgeschrieben hat, die ihm Weißler zur Einsicht eine Nacht lang überließ. Eigentlich sollte er nur ein knappes Communiqué darüber verfassen und weitergeben. Als aber die Denkschrift in der Versenkung zu verschwinden droht, bringt Tillich den Wortlaut an die Öffentlichkeit. Drei Monate später werden Weißler, Tillich und Koch verhaftet, im Februar 1937 ins Konzentrationslager Sachsenhausen eingeliefert.

Eine Woche später ist Friedrich Weißler tot. Als

»Volljude« wurde er sofort von den beiden anderen getrennt und in den berüchtigten Bunker gebracht. Wer dort landet, hat wenig Chancen, am Leben zu bleiben. Sechs Tage lang ist Weißler dem Sadismus der SS-Schläger ausgesetzt, bis er unter den Stiefeln des Blockführers Zeidler stirbt. Der erste Märtyrer der Bekennenden Kirche ist ein Jude.

Es ist heute nicht ganz einfach, der Bekennenden Kirche in ihrem widersprüchlichen Kurs zwischen nationaler Loyalität und Widerstand, aber auch in ihrem Bestreben, in einem terroristischen Staat »zu retten, was zu retten ist«, gerecht zu werden. Die Idealisierung ihrer Position ist ebenso unangebracht wie undifferenzierte Kritik. Neben allem Versagen im »Fall Weißler« gibt es auch Solidarität und Protest.

Werner Kochs Verlobte schreibt seinen Eltern aus Berlin: »Den Trauergottesdienst hat Pastor Hans Asmussen gehalten. Vorher hat die Gestapo gefragt: ›Wollen Sie eine Demonstration veranstalten?‹ Nach der Beisetzung, die unter großer Beteiligung von Pfarrern im Talar erfolgt ist, ist das Grab sofort photografiert worden. Vierzehn Tage und Nächte lang wurde das Grab von SS-Leuten bewacht. [Man wollte eine Obduktion verhindern, um die wahre Todesursache zu verschleiern.] Die Pfarrer der BK haben von allen Kanzeln abgekündigt, daß Weißler am 13. Februar gesund ins KZ gekommen und dort am 19. verstorben sei. Man solle für die Frau und die beiden Kinder Fürbitte tun

... vernichtet bitte diesen Brief – hoffentlich bekommen wir nun bald Nachricht von Werner.«[14]

Der kämpft inzwischen in der Sachsenhausener Strafkompanie ums Überleben. Das Konzentrationslager ist ein völlig rechtsfreier Raum; angeblich dient es der »Umerziehung« – tatsächlich aber der »Vernichtung durch Arbeit«. Tausende gehen allein in Sachsenhausen durch Krankheit und Unterernährung bei gleichzeitiger körperlicher Schwerstarbeit zugrunde. Unzählige Opfer fordert das willkürliche Foltern und Morden der SS-Mannschaften. Werner Koch erinnert sich: »Beim Ausrücken durch das Lagertor höre ich, wie zwei SS-Leute hinter mir miteinander flüstern: ›Heute ist der Pfaffe dran!‹ Kaum sind wir an der Arbeitsstelle angekommen, geht das Geschrei auch schon los: ›Der Pfaffe, das faule Schwein! Der muß sich wohl erst einmal ausruhen! Hinlegen! Den Kopf schön auf die Erde drücken!‹ Mit einem Wink holen sie zwei von den Grünen – das sind kriminelle Häftlinge; sie tragen den ›grünen Winkel‹ auf der Sträflingsuniform – herbei und befehlen ihnen, einen großen Haufen Sand über meinen Kopf zu schaufeln. Ich denke nur: ›So ist das also, wenn man stirbt!‹ Ich versuche nicht zu schreien, mich nicht zu befreien, nicht einmal zu beten. Ich lasse das einfach über mich ergehen ...«[15] Werner Koch kommt wie durch ein Wunder davon. Ein SS-Sturmführer interveniert im letzten Augenblick; man hat den Befehl erhalten, die »Pfaffen« zu verschonen: Der »Fall Weißler« hat zuviel Aufsehen erregt ...

Fast zwei Jahre verbringt Werner Koch in Sachsenhausen; daß er sie überlebt, verdankt er auch der Solidarität seiner kommunistischen Kameraden, die in den Jahren ihrer Haft illegale Hilfsorganisationen in den Lagern gebildet haben. Koch geht es wie manchen Christen aus der Bekenntnisbewegung. Fast alle haben die »Roten« gefürchtet und bekämpft, ohne auch nur einen von ihnen persönlich gekannt zu haben. Nun bekommen sie ein Gesicht und einen Namen, und oft sind gerade sie der »rettende Engel«. Freundschaften entstehen, die für beide Seiten bisher nicht denkbar waren. Werner Koch kann das brauchen, denn die Bekennende Kirche geht zu ihm auf Distanz: Er habe ohne jeden kirchlichen Auftrag politisch gehandelt.

Allerdings: Die Finkenwalder denken nicht daran, sich von ihm zu distanzieren. Sie unterstützen ihn und seine Verlobte, nicht nur moralisch. Als er im Dezember 1938 entlassen wird, organisiert Dietrich einen Erholungsurlaub bei befreundeten Gutsbesitzern in Pommern. Ausführlich läßt er sich auf einer langen Autofahrt berichten, wie es in einem deutschen KZ zugeht.

»Niemand meiner vertrauten Freunde hat so gezielt gefragt wie Dietrich Bonhoeffer. Nach jeder Antwort versinkt er in Schweigen. Manchmal dauert es Minuten, ehe er die nächste Frage stellt. Ich spüre, wie es in ihm arbeitet. Mir wird deutlich, daß er alle Kraft darauf verwendet, sich vorzustellen, wie er selbst sich verhalten würde, wenn er in die gleiche Lage käme. Daß sie ihn ereilen würde, ist ihm gewiß!«[16]

Im Dezember 1938 hat sich die Lage für die Oppositionskirche verschärft. Längst geht es nicht mehr nur um die Anstellung. Siebenundzwanzig ehemalige Finkenwalder sind bereits kürzer oder länger im Gefängnis gewesen, weil sie kritische Kanzelabkündigungen in den Bekenntnisgemeinden verlesen haben.

Im Sommer 1937 waren die Leitungsorgane der Oppositionskirche zerschlagen worden. Martin Niemöller wird verhaftet; er überlebt das KZ Sachsenhausen in strenger Einzelhaft – als »persönlicher Gefangener« Hitlers. Er schreibt später selbstkritisch über seine und seiner Kirche Haltung in den ersten Jahren des »Dritten Reiches«: »Als sie die Kommunisten verhafteten, habe ich geschwiegen. Ich war ja kein Kommunist. Als sie die Gewerkschafter holten, habe ich nicht protestiert. Ich war ja kein Gewerkschafter. Als ich an der Reihe war, gab es keinen mehr, der protestieren konnte.«

Tatsächlich sind die Einrichtungen der Bekennenden Kirche die einzigen noch bestehenden Institutionen, auf die der Staat bisher keinen Einfluß nehmen konnte. Sie werden daher am 29. August 1937 verboten. Das Seminar in Finkenwalde wird von der Gestapo geschlossen. Den Brüdern des ebenfalls aufgelösten Bruderhauses überreicht Dietrich ein Exemplar seiner gerade erschienenen »Nachfolge« mit der Widmung: »Ich danke Dir für zweieinhalb Jahre treuer Gemeinschaft in Finkenwalde. Möge unser Weg noch viel mehr ein Weg des freudigen Nachfolgens werden.«

Die Finkenwalder Arbeit wird weitergehen; Dietrich und seine engsten Mitarbeiter sind schon dabei, ein Konzept für die getarnte Fortsetzung der Vikarsausbildung zu entwerfen. Aber das ist ein weiterer Schritt in die Illegalität und in den Bruch mit dem übergroßen Teil der Kirche, die sich nun doch im NS-Staat eingerichtet hat. Die Bekennende Kirche ist keine Institution mehr. Sie besteht nur noch aus ihren Mitgliedern. Und die setzen sich jetzt selbst aufs Spiel.

Noch in ganz anderem Ausmaß aber wächst die Gefahr für die Juden in Deutschland. Hans von Dohnanyi, der seine Stellung im Justizministerium dazu nutzt, politisch und rassisch Verfolgte vor den gegen sie geplanten Maßnahmen zu warnen, schlägt Alarm: In nächster Zeit sollen die Pässe jüdischer Bürger durch ein »J« gekennzeichnet werden. Die Ausreise wird erschwert; möglicherweise werden die Grenzen ganz dichtgemacht. Denn Hitler forciert nun nach dem »Anschluß« Österreichs die Annexion der sudetendeutschen Gebiete auf dem Territorium der Tschechoslowakei. Täglich wächst die Kriegsgefahr – und immer bedrohlicher wird die Propaganda gegen die angebliche »Verschwörung des internationalen Judentums gegen das Deutsche Reich«.

Sabine und Gerhard Leibholz entschließen sich schweren Herzens zur Flucht nach England. Ihre Tochter Marianne erinnert sich: »Der 9. September begann mit einem strahlenden sonnigen Morgen in Göttingen. Plötzlich kam meine Mutter sehr eilig in unser Schlafzimmer, sagte: ›Wir fahren nach Wiesbaden, ihr geht heute nicht zur Schule‹, und zum Kindermädchen: ›Bitte, beide Kinder sollen wollene Hemden übereinanderziehen ...‹ Ich wußte sofort, daß etwas sehr Ernstes vor sich ging. Meine Eltern fuhren nie nach Wiesbaden, noch nie hatten wir mehr als ein Wollhemdchen anziehen müssen. Ich dachte: Wir gehen fort. Wir können nur mitnehmen, was in unser Auto geht. Weil wir kein Geld im Ausland haben, ist jedes extra Wollhemd, das wir über die Grenze bekommen, wichtig.«[17]

Damit beginnt für die Leibholzens das mühsame Flüchtlingsleben in London. Aber sie sind wenigstens in Sicherheit. Am 9. November brennen in Deutschland die Synagogen. In Göttingen liest man am Tag darauf in der Zeitung: »Wer dafür kein Verständnis aufbringt, ist unfähig, die Stimme des Volkes zu verstehen. Wir haben gesehen, daß der Tempel des rachsüchtigen Judengottes in Flammen aufgegangen ist ... Angesichts der jüngsten Ereignisse darf auch in unserer Stadt nichts mehr an eine Rasse erinnern, die unter den Völkern der Erde schlimmer als die Pest wütet.«[18]

Die Bekennende Kirche schweigt zu dem Pogrom, den die Nazis »Reichskristallnacht« nennen. Von der Reichskirche ist ohnehin nur Beifall zu erwarten. Dietrich unterstreicht in seiner Bibel zwei Sätze aus einem Psalm: »Sie verbrennen alle Häuser Gottes im Land« und »kein Prophet redet mehr«. Daneben das Datum: 9.11.1938.

Zwei Jahre später schreibt Dietrich in einem Entwurf für ein nie abgelegtes kirchliches Schuldbekenntnis: »Die Kirche war stumm, wo sie hätte schreien müssen ... Die Kirche bekennt, die willkürliche Anwendung brutaler Gewalt, das leibliche und seelische Leiden unzähliger Unschuldiger, Unterdrückung, Haß und Mord gesehen zu haben, ohne ihre Stimme für sie zu erheben, ohne Wege gefunden zu haben, ihnen zu Hilfe zu eilen. Sie ist schuldig geworden am Leben der schwächsten und wehrlosesten Brüder Jesu Christi.«[19]

»Komme noch vor dem Winter!«

1939

Das Union Theological Seminary hat ein besonderes Zimmer für Gastdozenten aus dem In- und Ausland: »the prophet's chamber«, die Kammer des Propheten. Im Jahre 1939 wird sie nacheinander von vier Theologen bewohnt, deren Nationen bereits zum Krieg gegeneinander rüsten; sie kommen aus Japan, den USA, Kanada und Deutschland.

Der Deutsche ist Dietrich Bonhoeffer; er verbringt in der Prophetenkammer die schwierigsten und quälendsten Wochen seines Lebens. Im Juni 1939 ist er eingezogen, versehen mit einem Lehrauftrag für das kommende Semester. Anfang Juli packt er wieder seine Koffer und fährt mit einem der letzten Schiffe vor Ausbruch des Krieges nach Deutschland zurück. Sein Nachfolger findet in der Prophetenkammer Berge von Zigarettenkippen und unleserlichen Notizen vor. Ein Tagebuch ist aus diesen Wochen erhalten, das ahnen läßt, wie sehr Dietrich mit sich, seinen widerstreitenden Gedanken und Gefühlen gekämpft hat.

Über das, was ihn innerlich umtreibt, kann er mit niemandem reden. Für die amerikanischen Freunde ist die Sache einfach. Sie sind froh, den mehrfach gefährdeten Bonhoeffer gerade noch rechtzeitig aus Deutschland herausbekommen zu haben. Sie haben alles in die Wege geleitet, daß er für einige Zeit in den USA leben und arbeiten kann. Viele andere politisch und rassisch Verfolgte warten vergeblich auf ein Visum und eine Aufenthaltserlaubnis. Keiner versteht, warum gerade er es in der »freien Welt« nicht aushält und warum er wieder gehen will. So muß er den Konflikt mit sich selbst ausmachen und die Entscheidung allein fällen.

Zunächst aber zieht er eine Bilanz über drei Jahre Kirchenkampf in Deutschland. Danach wäre es das vernünftigste wegzugehen. Denn nicht nur seine persönliche Lage hat sich zugespitzt. Wie schon 1933 ist er in seiner Radikalität für die Bekennende Kirche – oder besser das, was von ihr übriggeblieben ist – ein Sicherheitsrisiko geworden. Es gibt manche in der Leitung der Bekennenden Kirche, die erleichtert sind, daß der unbequeme Oppositionelle endlich weg ist.

Am 20. April 1939 war »Führers Geburtstag« mit besonderem Pomp gefeiert worden. Auch die Kirchen hatten sich mit Ergebenheitsadressen überschlagen. Selbst die »Junge Kirche«, die das Anliegen der Bekennenden Kirche vertrat, schrieb »zum 50. Geburtstag des Führers«: »Es ist heute dem Letzten offenbar geworden, daß die Gestalt des Führers, mächtig sich durchkämpfend durch alte Welten, Neues mit innerem Auge schauend und seine Verwirklichung erzwingend, auf den wenigen Seiten der Weltgeschichte genannt ist, die den Anfängern einer neuen Zeit vorbehalten sind.

Die deutsche Sendung in der Völkerwelt ist von einer mächtigen und festen Hand neu in die Waagschale der Geschichte geworfen ... Wir bitten Gott, den Führer zu segnen.«

Ein besonderes Geburtstagsgeschenk hat sich ein Jahr zuvor der vom Kirchenminister eingesetzte Leiter der Kirchenkanzlei Werner ausgedacht. Alle Pfarrer der Evangelischen Kirche sollen den Treueid auf Hitler leisten. Im amtlichen Gesetzes- und Verordnungsblatt steht: »Aus der Erkenntnis, daß auch im kirchlichen Dienst Amtsträger nur sein kann, wer in unverbrüchlicher Treue zu Führer, Volk und Reich steht, wird verordnet: Wer in ein geistliches Amt berufen wird, hat seine Treuepflicht durch folgenden Eid zu bekräftigen: ›Ich schwöre: Ich werde dem Führer des Deutschen Reiches und Volkes, Adolf Hitler, treu und gehorsam sein ...‹«

Aus Thüringen, der Hochburg der »Deutschen Christen«, meldet Bischof Sasse: »In großer geschichtlicher Stunde haben sämtliche Pfarrer der Thüringer Evangelischen Kirche, einem inneren Befehl gehorchend, den Treueid auf Führer und Reich freudigen Herzens geleistet ... Ein Gott – ein Gehorsam im Glauben. Heil Ihnen, mein Führer!«[1] Zur gleichen Zeit wird auf der Wartburg das Kreuz durch ein riesiges beleuchtetes Hakenkreuz ersetzt.

Von solchen Beifallskundgebungen sind die Bruderräte und die Pfarrer der Bekennenden Kirche weit entfernt. Aber sie haben auch nicht mehr die Kraft, der Eidesforderung gemeinsam zu widerstehen. Schließlich heißt es deutlich genug im Gesetzestext: »Wer sich weigert, den Treueid zu leisten, ist zu entlassen.« Die Absicht ist nicht zu übersehen – mit diesem Gesetz soll der unbotmäßige Rest der Bekennenden Kirche ausgemacht, isoliert und zerschlagen werden.

Ausnahmsweise sind diesmal die illegalen Vikare in einer »glücklichen« Position. Sie unterstehen ohnehin nicht der Kirchenbehörde, ebensowenig wie ihr Lehrer Dietrich Bonhoeffer. Natürlich lehnen sie die Eidesforderung ab – und machen sich damit bei ihren Kollegen im Amt unbeliebt.

Die Leitung der Bekennenden Kirche ist tatsächlich in einer schwierigen Lage. Theologisch ist man sich in der Ablehnung des Eides natürlich einig – aber die Ökonomie hat in der Kirchenpolitik auch ein Wort mitzureden. Das Notkirchenregiment der Bruderräte ist bisher einigermaßen über die Runden gekommen, weil die beamteten Bekenntnispfarrer weiter von der Kirchenbehörde bezahlt worden sind. Die sozialen Folgen der Entlassung der im Amt befindlichen Pfarrer könnte die Bruderratskirche mit ihren finanziellen Mitteln nicht auffangen. Deshalb gibt sie die Eidesleistung frei.

Karl Barth schreibt aus Basel: »Konnte, durfte, mußte es zu dieser Niederlage kommen? War und ist denn wirklich niemand unter Ihnen, um Sie zu der

Einfalt des geraden Weges zurückzuführen? Niemand, der Sie anflehte, die künftige Glaubwürdigkeit der Bekennenden Kirche nicht auf diese furchtbare Weise aufs Spiel zu setzen?«[2]

Karl Barths Empörung wird von Dietrich geteilt. Für ihn ist die Freigabe des Eides ein Schlag ins Gesicht der jungen Illegalen, die sich gerade dazu durchgerungen haben, auf ein »ordentliches Pfarramt« zu verzichten. Sie bilden zusammen mit wenigen anderen Pfarrern und Bruderräten den letzten »harten Kern« der Bekennenden Kirche. Weil sie an den Beschlüssen von Dahlem, der Einrichtung eines vom Staat unabhängigen Notkirchenregiments und der kompromißlosen Trennung von den »Deutschen Christen« festhalten, nennt man sie »Dahlemiten«. Immer mehr gerät diese Bezeichnung zum Schimpfwort; es steht für Starrsinn, Mangel an Diplomatie und »Märtyrersucht«. Und Dietrich, als einer der kompromißlosesten, gerät doppelt unter Beschuß. Ist es zu verantworten, daß weiter junge Theologen unter seinem Einfluß den illegalen Weg gehen, wo vielleicht doch Kompromißlösungen möglich wären? Und gefährdet seine Forderung nach einer unabhängigen Bekennenden Kirche nicht den Bestand dessen, was man noch mühsam an geordneter kirchlicher Institution aufrechterhält?

Dietrich antwortet darauf in einem Rundbrief an die ehemaligen Finkenwalder: »Wer für sich allein sorgt, ist um die Gemeinschaft der Kirche betrogen ... Wer uns furchtsam und bedenklich machen will mit der Rede, wir sollten doch wenigstens den jetzigen Bestand noch hindurchretten, genug sei uns doch schon zerschlagen, genommen und verschlossen, dem müssen wir entgegnen, daß wir uns von diesem Bestand gar nichts versprechen ... Wir haben unser Herz nicht an Einrichtungen und Institutionen gehängt, auch nicht an unsere eigenen ... Wir vertrauen fest darauf, daß Gott sein Wort und uns mit ihm hindurchretten wird auf seine wunderbare Weise. Das ist der einzige Bestand, auf dem wir zu bestehen gedenken.«[3]

Das sind kühne Formulierungen; wer sie ernst nimmt, landet in einer Untergrundkirche ohne Finanzressort. Dietrich ist sich dessen bewußt. Er organisiert die illegale Ausbildung weiter; unter dem Deckmantel einer Hilfspredigerstelle beim Superintendenten Eduard Block in Schlawe macht er sein Seminar wieder auf. Die Vikare arbeiten bei bekenntnistreuen Pastoren und werden mehr oder weniger heimlich und unter ziemlich primitiven Bedingungen zur Ausbildung »versammelt« – im Sigurdshof, einem leerstehenden Vorwerk auf dem Boden eines pommerschen Gutes. Kohlen, Petroleum und Verpflegung gibt es oft nur für die nächsten Tage. Häufig fährt Dietrich nach Berlin, um das »Sammelvikariat« mit den neuesten Informationen und mit Proviant zu versorgen. Trotz aller Einschränkungen erinnern sich die Kandidaten an einen »großzügigen Lebensstil«, an Eislaufen und Skifahren, an

Literatur, Spiele und Musik bei Kerzenlicht, wenn das Petroleum fehlte.

Aber natürlich hat das nicht mehr viel mit einer gutbürgerlichen Pfarrerlaufbahn zu tun. Besorgte Eltern fragen, ob das wirklich sein muß. Dietrichs eigene Eltern machen da keine Ausnahme. Reicht es nicht, daß Sabine mit ihrer Familie bereits das Land verlassen mußte? Ist es nötig, daß Dietrich sich nun auch noch derartig exponiert, wo doch seine Kirche längst zum Kompromiß bereit ist? Karl-Friedrich, der früher politisch viel radikaler war als sein jüngster Bruder, mahnt Dietrich zur Rücksichtnahme auf die Familie. Dietrich schreibt ihm zurück: »Es tut mir leid, wenn Mama beunruhigt ist und andere in diese Unruhe mit hineinzieht. Es liegt aber tatsächlich kein Grund dafür vor. Daß es mir ... einmal so gehen kann, wie es bereits Hunderten ergangen ist, darf uns wirklich nicht mehr beunruhigen. Die Sache der Kirche können wir nicht durchhalten ohne Opfer ... Warum will man uns davon abbringen? Es reißt sich bestimmt keiner von uns ums Gefängnis. Aber wenn es kommt, dann ist es doch – hoffentlich jedenfalls – eine Freude, weil die Sache sich lohnt. Anfang nächster Woche fangen wir wieder an.«[4]

Im gleichen Ton bittet er auch seine Kandidaten, der »Sache« treu zu bleiben. Wir lernen, schreibt er ihnen, wieder die ersten Bitten des Vaterunsers beten: »Dein Name wird geheiligt. Dein Reich komme. Dein Wille geschehe. An ihnen lernen wir uns selbst und unser persönliches Ergehen vergessen und für gering achten. Wie sollen wir auch fest bleiben, solange wir uns selbst noch so wichtig sind?«[5]

An alles das muß Dietrich denken, als er nun in New York sitzt. Er ist in Sicherheit. Niemand von der Bekennenden Kirche hat ihn zurückhalten wollen. Aber er wird nicht damit fertig, daß er die jungen Theologen, die er so oft zum Widerstand ermuntert hat, allein gelassen hat. Schon vom Schiff aus schreibt er an Eberhard Bethge zur Losung vom 8. Juni 1939: »Richtet recht. Das erbitte ich von Euch, meinen Brüdern zu Haus. Ich will in Euren Gedanken nicht geschont sein.« – »Die Gedanken sind zwischen Euch und der Zukunft. Grüß die Brüder alle. Sie halten jetzt Abendandacht.«[6]

Und in New York schreibt er in sein Tagebuch: »Bei allem fehlt nur Deutschland, die Brüder ... Ich begreife nicht, warum ich hier bin ... Das kurze Gebet, in dem wir an die deutschen Brüder dachten, hat mich fast überwältigt ... Die Tätigkeit an gleichgültiger Stelle ist einfach nicht mehr erträglich im Gedanken an die Brüder und die kostbare Zeit. Die ganze Wucht der Selbstvorwürfe wegen einer Fehlentscheidung kommt wieder auf und erdrückt einen fast.«[7]

Stundenlang läuft Dietrich durch die Straßen von New York. »Wenn nur die Zweifel am eigenen Weg überwunden wären.« Denn zunächst hatte die Einladung in die USA wie ein Wink des Himmels ausgesehen. Dietrichs Situation war nicht nur in kirchenpolitischer Hinsicht gefährlich geworden. Angesichts der drohenden Kriegsgefahr wurde es ernst mit dem Vorsatz, den Dienst in der Hitlerarmee zu verweigern – und damit einen Konflikt heraufzubeschwören, dem weder die Familie noch die Bekennende Kirche gewachsen schien.

Tatsächlich wird es zu Beginn des Krieges zwei Kriegsdienstverweigerer geben, die aktive evangelische Christen sind: Hermann Stöhr vom »Versöhnungsbund« und Martin Gauger. Beide werden umgebracht, ohne daß irgendeine Kirchenleitung auch nur ein Gnadengesuch unterschreibt. Dagegen melden sich viele Bekenntnispfarrer freiwillig: Endlich können sie beweisen, daß auch die Bekennende Kirche national gesinnt ist.

Der einzige Versuch, einen anderen Akzent zu setzen, kam 1938 noch einmal von der Vorläufigen Kirchenleitung. Sie gab eine Gebetsliturgie heraus, die trotz aller nationalen Töne die Verherrlichung des Krieges ablehnt und den Krieg als Gericht Gottes bezeichnet. Die Gemeinden werden aufgefordert, für die Erhaltung des Friedens zu beten. Doch das ist ein Jahr vor Kriegsbeginn schon ein Verbrechen im Nazistaat. »Das Schwarze Korps«, die Zeitung der SS, schreibt auf der ersten Seite: »Solche Gebete haben nichts mit Religion zu tun – sie sind politische Kundgebungen des

Verrats und der Sabotage an der geschlossenen Einsatzbereitschaft des Volkes in ernsten Stunden seines Schicksals. Die Sicherheit des Volkes macht die Ausmerzung dieser Verbrecher zur Pflicht des Staates.«

Wieder einmal hat der Gegner den empfindlichsten Punkt evangelischer Christen getroffen: Die »Haltung der politisierenden Pastorei« ist den meisten unheimlich und unverständlich in der »großen Stunde«, in der die Deutschen aus Österreich und der Tschechoslowakei endlich »heim ins Reich« kommen …

Völlig isoliert aber steht die Vorläufige Leitung da, als ein Brief bekannt wird, den Karl Barth in diesen Tagen an den tschechischen Theologen Hromádka geschrieben hat und der die Tschechen zum Widerstand gegen die drohende Okkupation aufruft: »Jeder tschechische Soldat, der dann kämpft und leidet, wird dies auch für uns tun und er wird es auch für die Kirche Jesu tun, die in dem Dunstkreis der Hitler und Mussolini nur entweder der Lächerlichkeit oder der Ausrottung verfallen kann.«[8]

Sofort distanziert sich die Leitung der Bekennenden Kirche von der gegen »unser Vaterland gerichteten demokratisch ideologisierten politischen Theologie« ihres ehemaligen Kirchenvaters Karl Barth. Aber es hilft ihr nichts.

Der Lutherrat und insbesondere die schon bekannten Landesbischöfe Meiser, Wurm und Marahrens versichern mit ihrer Unterschrift, daß sie sich von den für die »Kundgebung« Verantwortlichen aus religiösen und vaterländischen Gründen trennen. Das Deutsche Nachrichtenbüro meldet: »Der Reichsminister für die kirchlichen Angelegenheiten hat sofort unter Sperrung des gesamten Gehalts ein Disziplinarverfahren mit dem Ziel der Dienstentlassung gegen Mitglieder der sogenannten VL der DEK veranlaßt.«

Es kann nicht verwundern, daß die Bekennende Kirche in dieser Lage nichts mehr fürchtet als die Kriegsdienstverweigerung eines ihrer leitenden Mitglieder. Damit geriete sie im großdeutschen nationalistischen Taumel endgültig ins Abseits. Dietrich weiß das. Als sein Jahrgang die Musterungsbescheide erhielt, suchte er einen Ausweg. Mit Vaters Beziehungen konnte er der Einberufung noch einmal entgehen. Die Einladung aus den USA kam wie gerufen, und alle atmeten auf.

Nun aber, in New York, kann Dietrich seines Lebens nicht froh werden: »Ich hätte nicht für möglich gehalten, daß man in meinem Alter nach so vielen Jahren im Ausland so qualvolles Heimweh kriegen kann.«[9]

Es ist ja nicht das Heimweh im »vaterländischen Sinne«, das Dietrich krank macht. Er spürt, er ist nicht da, wo er hingehört, in einem umfassenden, existentiellen Sinn. Seit er seinen Lebenssinn als Nachfolge Jesu definiert hat, ist ihm nicht gleichgültig, was der dazu sagen würde.

»Wir sollten uns nur finden lassen, wo Er ist. Wir können ja nirgends anders mehr sein, als wo Er ist. Ob Ihr drüben oder ich in Amerika arbeite, wir sind beide nur, wo Er ist. Er nimmt uns mit. Oder bin ich doch dem Ort ausgewichen, an dem Er ist? *An dem Er für mich ist?*«[10]

Der letzte Satz macht deutlich, daß es Dietrich nicht darum geht, ein Gesetz zu formulieren, was ein Christ in der Verfolgung tun darf und was nicht. Er findet es nicht unchristlich, wenn man der Verfolgung entgehen will. Er merkt nur, daß er es nicht schafft. In New York ist er in Sicherheit. Aber er verliert alles, was sein Leben ausmacht. Am 20. Juni 1939 entscheidet er sich, nach Deutschland zurückzukehren.

Am 26. Juni ist die Tageslosung der Vers, mit dem der Apostel Paulus einen Mitarbeiter zu sich bittet: »Komme noch vor dem Winter!« – »Das geht mir den ganzen Tag nach«, schreibt Dietrich in sein Tagebuch. »Es geht uns wohl so wie den Soldaten, die vom Feld in den Urlaub kommen und trotz allem, was sie erwarteten, wieder ins Feld zurückdrängen. Wir kommen nicht mehr davon los. Nicht als wären wir nötig, als würden wir gebraucht (von Gott?!), sondern einfach, *weil dort unser Leben ist* und weil wir unser Leben zurücklassen, vernichten, wenn wir nicht wieder dabei sind. Es ist gar nichts Frommes, sondern etwas fast Vitales. Aber Gott handelt nicht nur durch fromme, sondern auch durch solche vitale Regungen. ›Komme noch vor dem Winter‹ – es ist nicht Mißbrauch der Schrift, wenn ich *mir* das gesagt sein lasse.«[11]

Am 7. Juli ist Dietrich auf dem Schiff. Paul Lehmann, der alte vertraute Freund aus den Tagen am Union, konnte erst am Tag davor nach New York kommen. Er versucht alles, um den Freund umzustimmen. Er begleitet ihn aufs Schiff, in der Hoffnung, ihn noch zur Umkehr zu bewegen.

»Letzter Tag. Paul versucht mich noch festzuhalten. Es geht nicht mehr. Halb zwölf Abschied«, schreibt Dietrich. Und: »Seit ich auf dem Schiff bin, hat die innere Entzweiung über die Zukunft aufgehört.«[12]

Die Maskerade des Bösen

1940–1943

Am 17. Juni 1940 sitzt Dietrich mit seinem Freund Eberhard Bethge in einem Kaffeegarten in Memel an der Ostsee. Er hat auf Einladung der dortigen Bekenntnisgemeinde auf der Pfarrkonferenz gesprochen; am Abend soll er den Bekenntnisgottesdienst halten. Bethge erinnert sich: »Während wir die Sonne genossen, dröhnte plötzlich aus den Lautsprechern des Lokals das Fanfarensignal für eine Sondermeldung: Frankreich hat kapituliert ... Die Leute ringsum an den Tischen wußten sich kaum zu fassen; sie sprangen auf, einige stiegen gar auf die Stühle. Mit vorgestrecktem Arm sangen sie ›Deutschland, Deutschland über alles!‹ ... Auch wir waren aufgestanden. Bonhoeffer hob den Arm zum vorgeschriebenen Hitlergruß, während ich wie benommen danebenstand. ›Nimm den Arm hoch! Bist Du verrückt?‹ flüsterte er mir zu, und hinterher: ›Wir werden uns jetzt für ganz andere Dinge gefährden müssen, aber nicht für diesen Salut!‹«[1]

Die Finkenwalder hätten sich gewundert, wenn sie ihren alten Lehrer so gesehen hätten. Bisher war der Widerstand im Kleinen, zum Beispiel die Verweigerung des Hitlergrußes, Ehrensache gewesen. Was ist in Dietrich gefahren? Ist er umgefallen?

Das fragen sich auch die Mitglieder des altpreußischen Bruderrates, denen Bonhoeffer drei Wochen später die Frage stellt, was der offensichtliche geschichtliche Sieg des Nationalsozialismus für den Widerstand der Kirche zu bedeuten habe. Kurt Scharf, später Bischof von Berlin-Brandenburg und Mitglied der westdeutschen Friedensbewegung, berichtet: »Heinrich Vogel, der neben mir saß, flüsterte mir während Bonhoeffers andringender Rede lächelnd zu: ›Siehe da, unser Bruder Bonhoeffer scheint an Hitlers Sieg im Krieg zu glauben!‹«[2]

Tatsächlich haben bisher alle Nazigegner, vom Pfarrer bis zum General, geglaubt und gehofft, der Krieg würde die Krise des Naziregimes einleiten und einen möglichen Umsturz begünstigen. Nun ist das Gegenteil eingetreten. Hitler läßt sich als »größten Feldherrn aller Zeiten« feiern. Ihn jetzt anzugreifen wäre der politische Selbstmord der Widerstandsbewegung.

Dietrich fragt sich, was es heißt, wenn sich die Gegner eines verbrecherischen, aber erfolgreichen Regimes in der Defensive befinden. In dieser Zeit schreibt er: »Der Erfolgreiche schafft Tatbestände, die nie mehr rückgängig zu machen sind; was er zerstört, ist nie wiederherzustellen ... Die Anklage verstummt im Laufe der Zeit, der Erfolg bleibt und bestimmt die Geschichte.«[3] Erschrocken steht er vor der Tatsache, daß der größte Teil des deutschen Volkes den Erfolg der Nation bejubelt und die Früchte der Eroberungspolitik genießt, ohne zu fragen, wer den Preis dafür zahlt. In den Kirchen werden nach jedem Sieg der Hitlerarmee Dankgottesdienste abgehalten. Und auf den Koppelschlössern der Soldaten steht, wie schon zu Kaisers Zeiten: »Gott mit uns!« Wer will jetzt noch behaupten, daß Gott auf der Seite der Verlierer sei?

Mit solchen provokativen Fragen macht Dietrich deutlich, daß jetzt nur noch derjenige Widerstand leisten kann, der es ohne Aussicht auf Erfolg zu tun bereit ist. Er selbst hat sich längst dazu entschieden. Was wie Umfallen aussieht, ist bereits Tarnung. Dietrich hat begonnen, im Untergrund zu arbeiten. Doch das kann er dem Bruderrat nicht offenbaren. Sogar die radikalsten unter den Bruderräten würden die Teilnahme an einer Verschwörung gegen die Staatsführung entschieden von sich weisen. Selbst das Mitwissen bedeutet Gefahr. Dietrich kann und will die schon fast ausgeschaltete Bekennende Kirche nicht mit seinem Doppelleben belasten. Den Weg in die politische Konspiration geht er ohne seine Kirche.

Freund und Gesprächspartner wird nun zunehmend Hans von Dohnanyi, der Mann seiner Schwester Christine. Der Staatsrechtler Dohnanyi hat eine Bilderbuchkarriere hinter sich. In den letzten Jahren der Weimarer Republik arbeitete er im Reichsjustizministerium als persönlicher Referent unter mehreren Justizministern. 1933 wird er übernommen, obwohl er weder in die NSDAP noch in den NS-Rechtswahrerbund eintritt. Er nutzt seine Stellung, um Gefährdete zu warnen und Ahnungslose aufzuklären. Schon 1933 legt er eine geheime Kartei über die Verbrechen der Nazis an. In diesem »Giftschrank« landet in den folgenden Jahren alles, was der »Insider« an Machtmißbrauch, Korruption und Verletzung der Menschenrechte mitbekommt. Dohnanyi will damit zwei Dinge erreichen: Er will die deutschen Militärs für einen Putsch gegen das NS-Regime gewinnen. Danach soll der NS-Führungsriege öffentlich der Prozeß gemacht werden, damit dem Volk der wahre Charakter des Nationalsozialismus deutlich wird. Dohnanyi ist »der Urheber und das geistige Haupt der Bewegung zur Beseitigung des Führers«, urteilt später die Gestapo.

Im Jahre 1940 arbeitet Dohnanyi im Referat Politik der Abwehr, dem Amt für Spionage und Gegenspionage im Oberkommando der Wehrmacht. Sein Chef ist Oberst Wilhelm Canaris, der als Leiter der Abwehr während des Krieges Hitler zugleich dient und bekämpft. Von der Zwielichtigkeit dieser Rolle ist niemand ausgenommen, der unter Canaris arbeitet – auch Dietrich nicht, der auf Betreiben seines Schwagers als Kurier der Abwehr tätig wird. Er soll seine ökumenischen Verbindungen dazu nutzen, dem westlichen Ausland geheime Informationen über Pläne und Ziele der deutschen Widerstandsbewegung zuzuspielen. Das ist Hoch- und Landesverrat. Doch nach außen sieht es eher nach Kollaboration aus.

Karl Barth, der die Hintergründe nicht kennt, ist die Sache unheimlich: Einerseits ist Dietrich immer noch ein Mann der Bekennenden Kirche, von Staats wegen verfolgt mit Lehr-, Rede- und Schreibverbot; andererseits ist er offiziell vom Wehrdienst für die Abwehr freigestellt, reist mit Devisen und Kurierpässen durch Europa und führt Gespräche im Auftrag einer deutschen Militärdienststelle. Und die argumentiert: »Wir arbeiten ja auch mit Juden und Kommunisten zusammen, warum also nicht auch mit Bekenntnispastoren?«

In den dreißiger Jahren waren die Fronten klar und eindeutig. Nun wird es schwierig zu unterscheiden, wo Freund und Feind ist. Dietrich ist sich darüber im klaren. »Lieber Herr Professor«, schreibt er nach Basel, »in einer Zeit, in der so vieles einfach auf persönlichem Vertrauen stehen muß, ist ja *alles* vorbei, wenn Mißtrauen aufkommt.«[4] Immerhin kann Dietrich Karl Barth gegenüber seine Rolle offenlegen. Aber das ist natürlich »top secret«; in der ökumenischen Öffentlichkeit opfert er seinen guten Ruf für das Ziel, das Naziregime wirksam, das heißt mit den Mitteln politischer und militärischer Konspiration, zu bekämpfen.

Daß dem geradlinigen und kompromißlosen Dietrich diese Rolle nicht leichtfällt, ist nur zu verständlich. Das »heilige Leben«, das er einmal führen wollte, ist es jedenfalls nicht. Auch seinen Beitrag zum Widerstand hatte er sich ursprünglich anders vorgestellt. Auf der Heimreise von New York hatte ihn die Nachricht vom Tod des Pfarrers Paul Schneider im KZ Buchenwald erreicht. Schneider hatte nach qualvollen Monaten im Buchenwalder Folterbunker sterben müssen, weil er den Nazis weder als Gemeindepfarrer noch als KZ-Häftling ein einziges, und sei es taktisches Zugeständnis machen wollte. Lange Zeit hat Dietrich in diesem »Widerstehen bis aufs Blut« die ihm adäquate Form des Widerstands gesehen. Nun aber ist alles ganz anders gekommen. Der Bekenner wird zum Verschwörer; statt eines Heiligenscheins bekommt er schmutzige Hände.

Wie immer wird auch jetzt die Theologie Kontrollinstanz und Abbild des wirklichen Lebens. Nie wurde Dietrichs »Theologie im Vollzug« deutlicher als in dieser letzten Phase. Er beginnt, in den Pausen zwischen den Kurieraufträgen, an einem Entwurf für eine christliche »Ethik« zu arbeiten. Dieses Buch ist nicht mehr fertig geworden; es besteht aus Fragmenten, aus unvollendeten Versuchen, neue Erfahrungen und Probleme theologisch zu durchdenken. Immer wieder taucht dabei die Frage auf, ob das Sichheraushalten aus politischen Konflikten nicht eine größere Schuld sei als das Sicheinlassen auf politisches Handeln, das im Konfliktfall nicht frei von Schuld sein kann. Nachfolge Jesu, so stellt er fest, kann auch heißen: aus Nächstenliebe schuldig werden.

»Weil es Jesus nicht um die Verwirklichung neuer ethischer Ideale, also auch nicht um sein eigenes Gutsein, sondern allein um die Liebe zum wirklichen Menschen geht, darum kann er in die Gemeinschaft ihrer Schuld eintreten ... Aus seiner selbstlosen Liebe, aus seiner Sündlosigkeit heraus tritt Jesus in die Schuld der Menschen ein, nimmt sie auf sich ... Wer sich in der Verantwortung der Schuld entziehen will, löst sich aus dem erlösenden Geheimnis des sündlosen Schuldtragens Jesu Christi und hat keinen Anteil an der göttlichen Rechtfertigung, die über diesem Ereignis liegt. Er stellt seine persönliche Unschuld über die Verantwortung für die Menschen, und er ist blind für die heillosere Schuld, die er gerade damit auf sich lädt ...«[5]

Dietrich will seiner Kirche einschärfen, daß die gern behauptete Neutralität in politischen Konflikten dann keine Neutralität mehr ist, wenn sie bestehende Gewalt und herrschendes Unrecht de facto duldet, weil sie es nicht aktiv bekämpft – und sei es mit Gewalt. Ihm ist klargeworden, daß sein eigener ethischer Rigorismus jetzt nicht mehr greift; zu sehr geht es dabei im Grunde um die eigene Vollkommenheit. Jetzt steht die Entscheidung darüber an, welche Schuld größer ist: die der Duldung oder die der Beseitigung der Hitlerdiktatur. Konkret: Wer nicht bereit ist, Hitler zu töten, wird – ob er will oder nicht – mitschuldig am Massenmord.

Dietrich geht soweit, sich selbst für ein Attentat auf

Hitler bereit zu erklären. Allerdings würde er dann vorher aus der Kirche austreten. Er läßt keinen Zweifel daran, daß jede Anwendung von Gewalt Schuld ist und bleibt. Aber er besteht darauf, daß es Situationen geben kann, in denen ein Christ aus Liebe zum Nächsten schuldig werden *muß*.

Mit diesem Problem setzt sich zur gleichen Zeit zwar nicht die Kirche, wohl aber eine große Zahl von Christen auseinander, die sich im Widerstand gegen das Hitlerregime befinden.

Hans Scholl, Medizinstudent in München, studiert in einer bayrischen Klosterbibliothek die Stellung mittelalterlicher Theologen zum Tyrannenmord. Die studentische Widerstandsgruppe »Weiße Rose« hat bisher Flugblätter geschrieben und verteilt. Nun sucht sie Kontakt zu anderen Widerstandskreisen und diskutiert die Möglichkeiten der Teilnahme an Umsturzversuchen. Kontaktpersonen sind Dietrich und Klaus Bonhoeffer. Aber das Gespräch kommt nicht mehr zustande. Bei einer Flugblattaktion geht die Münchener Gruppe hoch; ihre Mitglieder werden im Schnellverfahren zum Tode verurteilt. Noch nach dem Krieg gibt es Studentenpfarrer, die auf Distanz gehen zu Gedenkfeiern für Hans und Sophie Scholl und ihre Freunde: Die Kirche habe mit Staatsfeinden und Umstürzlern nichts zu tun!

Christen im Widerstand haben die Frage, welche Schuld sie zu übernehmen bereit sind, ganz auf sich gestellt beantworten müssen. »Als gute Christen mußten wir kriminell werden«[6], sagt Gertrud Staewen aus dem Berliner Gesprächskreis um Karl Barth. Sie gehört zu einem Widerstandskreis, der Berliner Juden beim Untertauchen hilft – mit gefälschten Pässen und gestohlenen Lebensmittelmarken. Häufige Anlaufstelle und Kontaktmann zur Bekennenden Kirche: Dietrich Bonhoeffer.

Ende 1942 schreibt Dietrich eine Art Rechenschaftsbericht für sich und seine Mitverschwörer in der Abwehr: »Wir sind stumme Zeugen böser Taten gewesen, wir sind mit vielen Wassern gewaschen, wir haben die Künste der Verstellung und der mehrdeutigen Rede gelernt, wir sind durch Erfahrung mißtrauisch gegen die Menschen geworden und mußten ihnen die Wahrheit und das freie Wort oft schuldig bleiben, wir sind durch unerträgliche Konflikte mürbe oder vielleicht sogar zynisch geworden – sind wir noch brauchbar?«[7]

Kaum einer hat die Frage der Schuldübernahme im politischen Grenzfall so konsequent gestellt und reflektiert wie Bonhoeffer. Er tut es stellvertretend für viele Christen im Widerstand, die von ihrer Kirche allein gelassen worden sind. Aber er wird auch der einzige deutsche protestantische Theologe sein, der später in der Ökumene, in den Befreiungskirchen und -bewegungen Südafrikas und Lateinamerikas eine Rolle spielen wird. Daß hingegen Landesbischof Meiser 1953 der Gedenkfeier für Bonhoeffer im KZ Flossenbürg demonstrativ fernbleiben wird, weil es sich um einen politischen Widerständler und keinen kirchlichen Märtyrer handle, ist nur konsequent angesichts der staatstragenden Haltung, die die lutherischen Bischöfe während der Nazizeit einnehmen.

Dabei wissen die, die es wissen wollen, längst, daß der Staat selbst verbrecherischen Charakter trägt. 1942 wird auf der Konferenz in Berlin-Wannsee die »Endlösung« der »Judenfrage« beschlossen, der millionenfache Mord am europäischen Judentum. Zur gleichen Zeit wird der Kommissarbefehl erlassen, der die deutsche Wehrmacht zur Liquidierung ziviler politischer Gegner in der Sowjetunion ermächtigt und die sowjetische Zivilbevölkerung zum Freiwild erklärt. Mindestens elf Millionen Menschen fallen allein der Besatzungs- und Ausrottungspolitik in der Sowjetunion zum Opfer. Dietrich ist darüber informiert – und doch entsetzt, als er in einem Brief eines ehemaligen Finkenwalders liest: »In Partisanengegenden müssen Kinder und Frauen, die in dem Verdacht stehen, Partisanen mit Lebensmitteln zu versorgen, durch Genickschüsse erledigt werden. Diese Menschen müssen so beseitigt werden, weil sonst deutsche Soldaten ihr Leben einbüßen müssen ... Manches Dorf haben wir in den letzten drei Wochen aus militärischen Notwendigkeiten abbrennen müssen ...«[8]

Solche Berichte hat Dietrich vor Augen, wenn er schreibt:

»Die große Maskerade des Bösen hat alle ethischen Begriffe durcheinandergewirbelt. Daß das Böse in der Gestalt des Lichts, der Wohltat, des geschichtlich Notwendigen, des sozial Gerechten erscheint, ist für den aus unserer tradierten ethischen Begriffswelt Kommenden schlechthin verwirrend ...« Und: »Aus der verwirrenden Fülle der möglichen Entscheidungen scheint der sichere Weg der *Pflicht* herauszuführen. Hier wird das Befohlene als das Gewisseste ergriffen, die Verantwortung für den Befehl trägt der Befehlsgeber, nicht der Ausführende. In der Beschränkung auf das Pflichtgemäße aber kommt es niemals zu dem Wagnis der auf eigenste Verantwortung hin geschehenden Tat, die allein das Böse im Zentrum zu treffen und zu überwinden vermag. Der Mann der Pflicht wird schließlich auch noch dem Teufel gegenüber seine Pflicht erfüllen müssen.«[9]

Jedem Angehörigen des Widerstands, der das 1942 liest, ist klar, wer hier gemeint ist. Denn bisher sind alle Umsturzversuche an der Haltung der führenden Militärs gescheitert, ohne die ein Staatsstreich aussichtslos wäre. Sie berufen sich auf die Loyalitätspflicht gegenüber dem »Führer« – obwohl Dohnanyis »Giftschrank« genügend Gründe enthält, diese Loyalität aufzukündigen. Klaus Bonhoeffer, der die Kontakte zwischen zivilen Widerstandsgruppen knüpft, verachtet die hohen Militärs, die einen roten Streifen am Hosenbein, aber keine Zivilcourage haben: »Was ist das: großer Schnabel, rote Beine und mit beiden Füßen im Sumpf? – Ein deutscher General!«[10]

Das heißt nicht, daß es nicht Hitlergegner in der Armee gäbe. Ab 1938 gibt es immer neue Attentats- und Umsturzpläne. Und überall ist Dohnanyi und sind später auch Klaus und Dietrich Bonhoeffer dabei. Dietrichs Familie wird allmählich zu einem der vielen Zentren des Widerstands. Auch Rüdiger Schleicher, Ursula Bonhoeffers Mann, gehört inzwischen dazu. Häufig trifft man sich im Haus von Karl und Paula Bonhoeffer oder bei Rüdiger und Ursula Schleicher nebenan. Bei vielen Gesprächen wird das Telefon mit Kissen abgedeckt. Man vergewissert sich, ob keiner der Bediensteten an der Tür lauscht. Allen Bonhoeffers ist inzwischen klar, daß sich nun keiner mehr aus der gesellschaftlichen Verantwortung heraushalten kann.

Am 12. März 1943 fährt Eberhard Bethge Hans von Dohnanyi im Wagen Karl Bonhoeffers zum Berliner Ostbahnhof. In Dohnanyis Aktentasche befindet sich ein besonderer englischer Sprengstoff, den er zusammen mit Canaris nach Smolensk transportiert. Dort ist der Generalstab der Heeresgruppe Mitte, sein erster Offizier heißt Henning von Tresckow. Er gehört zu den Verschwörern und wird den Sprengstoff in das Flugzeug schmuggeln, mit dem Hitler am 13. März nach einem Besuch der Heeresgruppe Mitte nach

Deutschland zurückfliegt. Doch Hitler landet unbeschadet in Ostpreußen; die Zündung der beiden Zeitbomben hat versagt.

Eine Woche später kommt Hitler wieder. Zur Feier des »Heldengedenktags« werden die Beutestücke der Heeresgruppe Mitte ausgestellt. Eine halbe Stunde sieht das Protokoll für den Besuch des »Führers« vor. Major von Gersdorff soll ihn begleiten. Er hat zwei Bomben in der Manteltasche. Doch Hitler beendet die Besichtigung nach knapp zehn Minuten. In Berlin warten die Verschwörer vergeblich auf das Codewort zur Auslösung des Aufstands.

Eberhard Bethge, der inzwischen auch zu den Eingeweihten gehört, erinnert sich: »An diesem Sonntagmorgen übte die Familie mit allen Enkelkindern im Hause Schleicher die Geburtstagskantate für den 75. Geburtstag des Vaters Bonhoeffer. Dietrich Bonhoeffer saß am Klavier, Klaus spielte Cello, Rüdiger Schleicher die Geige und Hans von Dohnanyi war unter den Chorstimmen. Vor der Tür stand fahrbereit Dohnanyis Auto ...«[11] Immer wieder blickt Dohnanyi zur Uhr, er erwartet den entscheidenden Telefonanruf. Seine Frau Christine, mit der er über alles geredet hat, teilt seine Unruhe. Sie flüstert ihrer Schwester Ursula Schleicher zu: »Es muß jeden Augenblick losgehen!« Aber der dringend erwartete Anruf kommt nicht. Dafür kommt zwei Wochen später die Gestapo. Damit ist eine jahrelange konspirative Kleinarbeit erst einmal ins Leere gelaufen. Welche Rolle Dietrich dabei gespielt hat, läßt sich erst nach dem Ende des »Dritten Reiches« nach und nach rekonstruieren. Zur Konspiration gehört, daß einer vom anderen nur das Nötigste weiß.

Mehrfach fährt Dietrich zwischen 1940 und 1943 in die Schweiz. In Genf ist der Sitz des Vorläufigen Weltkirchenrates. Der Generalsekretär Visser't Hooft vermittelt Gespräche zwischen der deutschen Widerstandsbewegung und Kirchenvertretern des Westens. Dietrich vertritt von Anfang an die radikale Gruppe im Widerstand, die die restlose Beseitigung des Hitlerregimes fordert. In diesem Fall aber, so hofft man, werden die alliierten Streitkräfte der neuen deutschen Regierung eine militärische Atempause und politische Unterstützung gewähren. Ziel soll ein möglichst schneller Waffenstillstand und ein baldiger Friedensvertrag sein.

Doch das ist nicht die einzige Version, die bei diesen Gesprächen kursiert. So uneinheitlich die deutsche Widerstandsbewegung selbst ist, so unterschiedlich sind die Vorstellungen darüber, was nach Hitler kommt. In manchen Widerstandskreisen will man immer noch siegen, in anderen retten, was zu retten ist. Die einen stellen sich ein demokratisches, die anderen ein monarchistisches Nachkriegsdeutschland vor. Viele wollen Frieden mit dem Westen, um den Krieg im Osten trotz der Niederlage in Stalingrad doch noch zu gewinnen. Das ist ein Grund dafür, daß die englischen Gesprächspartner, mit denen Dietrich zu tun hat, den Wünschen und Botschaften, die er überbringt, reserviert gegenüberstehen.

Der einzige, der ihm vertraut, ist der Freund aus Londoner Tagen, George Bell, Lordbishop von Chichester. Um ihn in Stockholm zu treffen, bricht Dietrich 1942 eine Schweizer Reise ab. Überraschend stehen sich die beiden Freunde am 31. Mai im Gastzimmer des Bischofs in Sigtuna gegenüber. Dietrich hat einen stürmischen Flug hinter sich, einen Kurierausweis und eine Liste mit Namen bei sich im Gepäck: die Liste der möglichen Regierungsmitglieder nach dem Umsturz. Sie soll signalisieren, daß es das »andere Deutschland« gibt. Bell verspricht, die englische Regierung zu informieren, und hofft auf Zusagen. Doch am 23. Juli telegrafiert er an Visser't Hooft in Genf: »Interest undoubted, but deeply regret no reply possible.« Solange es kein sichtbares Zeichen des deutschen Widerstands gibt, sieht man keinen Anlaß, zwischen Nazis und Deutschen zu unterscheiden.

Bei zwei anderen Aufträgen des Abwehragenten Bonhoeffer geht es eher um »Schadensbegrenzung«. Anfang April 1942 reisen zwei Emissäre der Abwehr nach Norwegen. Dort ist ein Kirchenkampf gegen den norwegischen Naziministerpräsidenten Quisling entbrannt. Alle Pfarrer und Bischöfe haben ihre Ämter niedergelegt. Der Initiator des Pfarrerstreiks, Bischof

Eivind Berggrav, ist verhaftet worden. Doch am 15. April entläßt man ihn auf Anweisung Bormanns. Die Emissäre hatten gewarnt: Der Kirchenkampf würde die Sicherheit der deutschen Besatzungstruppen unnötig gefährden. Die Emissäre hießen Dietrich Bonhoeffer und Helmut James Graf von Moltke. Beide ermutigen die Norweger in ihrem Widerstand.

Weitreichende Folgen hat schließlich die Aktion »U7«, bei der eine Gruppe jüdischer Bürger (ursprünglich sollten es sieben sein) als Abwehragenten getarnt in die Schweiz geschleust werden sollen. Das »Unternehmen 7« gelingt – doch es ist für die Widerstandsgruppe der Abwehr der Anfang vom Ende.

Im Herbst 1942 wird ein Mitarbeiter der Münchener Außenstelle der Abwehr bei unerlaubten Devisengeschäften erwischt. Das gibt dem Konkurrenzunternehmen der Abwehr, dem Reichssicherheitshauptamt – das im Gegensatz zur Abwehr direkt der NSDAP untersteht – die Gelegenheit, die Münchener Abwehrstelle unter die Lupe zu nehmen. Man stößt auf Spuren des »Unternehmens 7« und auf die Namen Dietrich Bonhoeffer und Hans von Dohnanyi. Noch weiß man nichts Genaues; aber beide rechnen seitdem mit ihrer Verhaftung. Niemand weiß, wie lange Mitverschwörer bei Verhören dichthalten können.

Hans und Dietrich versuchen, Spuren zu verwischen und falsche Fährten zu legen. Fingierte Briefe und Tagebucheinträge werden geschrieben und sorgfältig für die drohende Haussuchung plaziert. Doch zugleich gehen die Umsturzvorbereitungen weiter.

Man kann sich nur schwer vorstellen, wie das Lebensgefühl unter solchen Umständen aussieht. Was von Dietrich aus dieser Zeit berichtet wird, deutet darauf hin, daß in der Nähe der Gefahr und des Todes die Lebensfreude und -intensität eher zunimmt. »Uns bleibt nur der sehr schmale und manchmal kaum noch zu findende Weg, jeden Tag zu nehmen, als wäre er der letzte, und doch in Glauben und Verantwortung so zu leben, als gäbe es noch eine große Zukunft ... Mag sein, daß der jüngste Tag morgen anbricht, dann wollen wir gern die Arbeit für eine bessere Zukunft aus der Hand legen, vorher aber nicht!«[12] schreibt er Weihnachten 1942.

In dieser Zeit setzt Dietrich sein Testament auf. Das ist die eine Seite. Und er verliebt sich. Das ist die andere Seite. Aber es passiert noch mehr: Aus dem »Heiligen« Dietrich Bonhoeffer, dem Finkenwalder »Abt ohne Krummstab und Mitra«[13], wird allmählich ein ganz normaler Mann.

Im Sommer 1942 schreibt er an Eberhard Bethge: »Meine in der letzten Zeit doch stark auf dem weltlichen Sektor liegende Tätigkeit gibt mir immer wieder zu denken. Ich wundere mich, daß ich tagelang ohne die Bibel lebe und leben kann ... Wenn ich dann wieder die Bibel aufschlage, ist sie mir neu und beglückend wie nie ... Ich weiß, daß ich nur meine eigenen Bücher aufzuschlagen brauche, um zu hören, was sich gegen dies alles sagen läßt ... Aber ich spüre, wie in mir der Widerstand gegen alles ›Religiöse‹ wächst ... Ich bin keine religiöse Natur. Aber an Gott, an Christus muß ich immerfort denken, an Echtheit, an Leben, an Freiheit und Barmherzigkeit liegt mir sehr viel. Nur sind mir die religiösen Einkleidungen so unbehaglich. Verstehst Du? Das sind alles gar keine neuen Gedanken und Einsichten, aber da ich glaube, daß mir hier jetzt ein Knoten platzen soll, lasse ich den Dingen ihren Lauf ...«[14]

Unmerklich verschiebt sich etwas in Dietrichs Lebensgefühl. Jenseits der Sicherheitsgrenze zu leben bedeutet nicht mehr, sich vom Leben und von der Liebe abzuschotten. Und in dem Augenblick, in dem Dietrichs innere Distanziertheit zu schwinden beginnt, begegnet er einer Frau, die genug Energie hat, den unnahbaren Junggesellen aus der Fassung zu bringen.

Maria von Wedemeyer ist achtzehn, Dietrich sechsunddreißig. Sie kennen sich schon ziemlich lange, seit Dietrichs Zeit in Finkenwalde. Allerdings war Dietrich damals der Herr Pastor und Maria die kleine Schwester eines seiner Konfirmanden – und in den Augen des strengen Pastor Bonhoeffer ein reichlich eigenwilliges Kind. Marias Großmutter, Ruth von Kleist-Retzow, hatte die Finkenwalder nach Kräften unterstützt. Auf ihrem Gut in Klein-Krössin hatte Dietrich Freunde untergebracht, Vorträge gehalten, Ferien gemacht. Auch in den Jahren der Konspiration zieht er sich zum Arbeiten und Ausruhen auf das Gut in Pommern zurück. Die alte Frau von Kleist-Retzow bewundert und unterstützt Dietrich in seiner Radikalität und Kompromißlosigkeit so sehr, daß es ihrer Verwandtschaft fast zu weit geht. Marias Mutter ist jedenfalls nicht gerade begeistert, als sich im Sommer 1942 unter den Augen der radikalen alten Dame eine Beziehung zwischen ihrer Tochter und einem doppelt so alten Mann entwickelt, der zu dieser Zeit alles andere als eine »gute Partie« ist. Sie dringt auf ein Jahr Trennung, aber das halten beide nicht aus. Briefe gehen hin und her. Die beiden verloben sich – schriftlich. Im Frühjahr versucht Maria, mit Hilfe ihres Bruders und ihres Schwagers Klaus von Bismarck, die Mutter umzustimmen. Sie will nicht länger auf ein Wiedersehen mit Dietrich warten. Die beiden Männer erklären sich zu dem Gespräch bereit, aber sie kommen als Unglücksboten: mit der Nachricht von Dietrichs Verhaftung.[15]

In der Diesseitigkeit des Lebens glauben lernen

1943–1944

Am 5. April 1943 ruft Dietrich vom Haus seiner Eltern aus bei Dohnanyis an. Doch am Telefon meldet sich eine unbekannte Männerstimme. Da weiß er, daß es soweit ist; er überprüft, ob sein Schreibtisch »sauber« ist, und lädt sich bei Schleichers nebenan zu einem guten Mittagessen ein. Dort wartet er zusammen mit Eberhard Bethge auf die Gestapo. Gegen vier wird er herübergebeten; in seinem Zimmer erwarten ihn der Oberstkriegsgerichtsrat Roeder und der Gestapokommissar Sonderegger. Nach kurzer Vernehmung wird Dietrich verhaftet und in das Wehrmachtsuntersuchungsgefängnis Tegel gebracht.

»Ich wurde für die erste Nacht in eine Zugangszelle eingeschlossen; die Decken auf der Pritsche hatten einen so bestialischen Gestank, daß es trotz der Kälte nicht möglich war, sich damit zuzudecken. Am nächsten Morgen wurde mir ein Stück Brot in die Zelle geworfen, so daß ich es am Boden auflesen mußte ... Von draußen drangen in meine Zelle zum ersten Mal jene wüsten Beschimpfungen durch das Personal, die ich seither täglich von morgens bis abends gehört habe ... Tonangebend sind diejenigen Schließer, die den Gefangenen gegenüber den übelsten und brutalsten Ton anschlagen.«[1]

Am nächsten Tag wird Dietrich in eine Einzelzelle verlegt. Zwölf Tage lang wird kein Wort mit ihm geredet. Er darf nicht schreiben und keine Briefe empfangen. Niemand teilt ihm den Grund und die Dauer seiner Haft mit. In den Nächten verfolgen ihn die Geräusche aus den Nachbarzellen, das Schreien der Tag und Nacht gefesselten Todeskandidaten.

Als am 14. April die Kontaktsperre aufgehoben wird, schreibt Dietrich einen Brief an die Eltern, der ein Glanzstück von Selbstbeherrschung und Bonhoefferscher Gefühlsdisziplin ist: »Liebe Eltern! Vor allem müßt Ihr wissen und auch wirklich glauben, daß es mir gut geht ... Was man sich gewöhnlich bei einer Haft als besonders unangenehm vorstellt, also die verschiedenen Entbehrungen des äußeren Lebens, das spielt merkwürdigerweise tatsächlich fast keine Rolle ...«[2]

Wie es in dem Gefangenen wirklich aussieht, steht in Stichworten auf der Rückseite der Blockzettel, auf denen der Inhalt von Lebensmittelpaketen aufgelistet werden mußte – in den ersten Wochen das einzige Schreibmaterial, das Dietrich zur Verfügung steht. »Trennung von Menschen, von der Arbeit, von der Vergangenheit, von der Zukunft, von der Ehe, von Gott ... Ungeduld ... Sehnsucht ... Langeweile ... krank – tief einsam ... Selbstmord, nicht aus Schuldbewußtsein, sondern weil ich im Grunde schon tot bin, Schlußstrich ... Überwindung im Gebet.«[3]

Zwei Dinge machen Dietrich am meisten zu schaffen: das Gefühl der Ohnmacht, die ungewohnte Erfahrung, nicht mehr Herr über seine Zeit zu sein – und die erzwungene Einsamkeit gerade an dem Punkt, an dem er sich aus der inneren Reserve herausbegeben hatte. Die Untersuchungsführer bei der Gestapo sind »gute« Psychologen. Sie haben schnell heraus, wo die dünnhäutigen Stellen ihrer Opfer sind. Wochenlange Ungewißheit und Isolation sollen den Gefangenen mürbe machen. Und als die Verhöre beginnen, droht man mit Folter und mit Repressalien gegen die Eltern und die Verlobte.

Dietrich braucht seine ganze Kraft, um die Nerven und den Lebenswillen zu behalten. Später wird er Mitgefangenen gegenüber offen äußern, daß er in bestimmten Situationen Selbstmord für verständlich und verzeihlich halte – um andere zu schützen und um Mitverschwörer nicht zu verraten. Offen gesteht er sich ein, daß er Angst vor der Folter hat. Er lebt viel zu gerne, um sich nicht vor der Qual zu fürchten und davor, ihr nicht standzuhalten.

Der Untersuchungsführer Roeder ist berüchtigt für seine Methoden; Anfang 1943 hat er die Widerstandsgruppe »Rote Kapelle« vernichtet. Fünfundsiebzig Todesurteile wurden gefällt; unter den Opfern war auch Arvid Harnack, ein Neffe von Dietrichs altem Lehrer

Adolf von Harnack. Mehrere Mitglieder der Gruppe starben während der Verhöre unter den Mißhandlungen oder wurden in den Selbstmord getrieben.

Dietrich weiß zu viel davon, um sich Illusionen zu machen. Die Bereitschaft zum Selbstmord ist für ihn das letzte Stück Freiheit, das ihm geblieben ist – und so beinahe schon wieder Rückenstärkung für die anlaufenden Verhöre. Sie aber ist dringend nötig. Denn es geht ja nicht nur darum, keine Namen zu nennen, sondern die weiter laufende Planung des Umsturzes nicht zu gefährden. Denn noch wissen die Gestapo und das Reichssicherheitshauptamt nichts Genaues. Aber man ahnt, daß das Amt Canaris außer Kontrolle geraten ist. Mit Bonhoeffer und Dohnanyi hofft man, einen Faden gefunden zu haben, an dem die Widerstandsgruppe in der Abwehr aufgerollt werden kann. Doch man kommt nicht weiter. Den beiden gelingt es, die Fäden zu verwirren. Sie haben sich gut auf den »Ernstfall« vorbereitet; und auch jetzt, in der Haft, geht die Absprache weiter, auf geheimen Kanälen und mit konspirativen Methoden.

Als die Kontaktsperre aufgehoben wird, läßt Dietrich sich Bücher schicken – teils zum Lesen, teils zur Nachrichtenübermittlung. Kommt ein Buch zurück, in dem Dietrich seinen Namen unterstrichen hat, heißt das: Es enthält eine Botschaft. Alle zwei Seiten – von hinten angefangen – ist ein Buchstabe unauffällig mit Bleistift punktiert. Die Nachricht, meist Informationen aus den Vernehmungen, wird von der Familie entziffert und weitergegeben – auf ähnlich heimlichen Kanälen an Dohnanyi, der im Gefängnis für die höheren Dienstgrade in der Lehrter Straße einsitzt, aber auch an die Mitverschwörer, die noch frei sind. Auf diese Weise gelingt es nicht, Dietrich und Hans gegeneinander auszuspielen. An Dohnanyi, dem erfahrenen Juristen, beißt sich Roeder die Zähne aus; und auch Dietrich kann seine Rolle verschleiern. Er spielt den harmlosen, politisch unerfahrenen Pastoren, der immer nur das Beste gewollt hat. Sosehr Roeder und Sonderegger von der Gestapo auch nachbohren – für eine Anklage auf Hoch- und Landesverrat reicht es nicht. Die Indizien reichen nicht einmal aus, um tatsächlich die üblichen Foltermethoden anzuwenden, jedenfalls nicht bei diesen Angeklagten, die immerhin mit einflußreichen Wissenschaftlern und Militärs verwandt oder befreundet sind.

Für alles hat Dietrich eine staatstragende Begründung: für seine Freistellung, seine Gespräche im Ausland, für das »Unternehmen 7«. Dafür aber, daß man lügen und sich verstellen muß, gibt es im Protestantismus noch keine ethischen Überlegungen. Nun stellt Dietrich sie an: »Was heißt die Wahrheit sagen?« wird als Fragment aus der Zelle geschmuggelt und bei Bonhoeffers auf dem Dachboden versteckt.

»Unser Wort soll nicht prinzipiell, sondern konkret wahrheitsgemäß sein. Eine nicht konkrete Wahrheitsgemäßheit ist vor Gott gar nicht wahrheitsgemäß. ›Die Wahrheit sagen‹ ist also nicht nur eine Sache der Gesinnung, sondern auch der richtigen Erkenntnis und des ernsthaften Bedenkens der wirklichen Verhältnisse. Je mannigfaltiger die Lebensverhältnisse eines Menschen sind, desto verantwortlicher und schwerer wird es für ihn, ›die Wahrheit zu sagen‹.«[4]

Als Dietrich im Sommer 1943 diese Sätze schreibt, hat er die erste Haftkrise und die entscheidenden Verhöre schon hinter sich. Er darf lesen und schreiben, alle zehn Tage einen Brief schicken und empfangen und jeden Monat eine Stunde lang besucht werden. Vor allem hat er Wege gefunden, Texte und Briefe an der Zensur vorbei aus der Zelle zu schmuggeln. Der freundliche und inzwischen wieder ziemlich souveräne Häftling hat einige seiner Bewacher für sich eingenommen. Sie unterhalten sich gern mit ihm und tun ihm manchen Gefallen. Auf diese Weise sind die Briefe an Eberhard Bethge ausnahmslos unzensiert nach draußen gelangt.

Eine Auswahl von ihnen findet sich in »Widerstand und Ergebung«, einer Zusammenstellung von Texten und Briefen aus der Haft. Sie beginnen mit dem 18. November 1943 und enthalten atemberaubende Ansätze einer neuen Theologie, Überlegungen zu einem »religionslosen Christentum« in einer »mündigen Welt«. In ihnen findet Dietrich sein wirkliches Thema, seine eigentliche Sprache, seine Identität. Vorher aber durchlebt er eine persönliche Krise, die ihn tief in die Auseinandersetzung mit der Vergangenheit führt und zugleich den Durchbruch zu neuen Ansätzen ermöglicht.

Der Anlaß zu dieser Krise scheint erst einmal äußerlich zu sein. Nach Abschluß der Verhörphase und der ersten Erleichterung wird die Haft zu einer nervenaufreibenden Geduldsprobe. Einflußreiche Freunde und widrige Umstände verzögern den Prozeßtermin, von dem Dietrich sich die Freiheit erhofft. Immer wieder wird er vertröstet. Diejenigen, die im Hintergrund zu seinen Gunsten mit an den Fäden ziehen, haben gute Gründe, das Verfahren bis zum Umsturz »versanden« zu lassen. Sie fürchten einerseits, daß doch noch etwas ans Licht kommt, was bisher verheimlicht werden konnte. Andererseits rechnen sie damit, daß Hans und Dietrich nicht etwa in die Freiheit, sondern ins KZ »entlassen« würden – und verglichen damit ist das Wehrmachtsgefängnis ein beinah sicherer Ort.

Dietrich sieht das mehr oder weniger ein, aber er kann sich nur schwer damit abfinden. Bisher hat er sein Leben selbst gestaltet. Nun befindet man über ihn, und er muß abwarten, bis es »soweit« ist. Oft hat er das Gefühl, das Leben gehe an ihm vorbei. Seine Gefängnisexistenz besteht aus Warten – darauf, wieder am »eigentlichen« Leben teilnehmen zu können.

Aber es kommt noch schlimmer. Dietrich spürt, daß er in der Gefahr steht, innerlich den Boden unter den

Füßen zu verlieren. Zwar war er alles andere als ein »seßhafter Mensch«, und den Schritt hinter die Grenze bürgerlicher Sicherheit hat er nie bereut – aber ohne feste Wurzeln in der Familie, in der Freundschaft, in der »Communio Sanctorum« hätte er diesen Lebensstil nicht durchhalten können. Das, was für ihn Heimat gewesen ist, kommt jetzt nur noch für Augenblicke – durch einen Brief, einen Besuch – in sein Leben; und bei jedem Abschied scheint die Welt, aus der er kommt und zu der er gehört, ein Stück weiter zu zerbrechen.

In dieser Krise, in der »Leere der Zeit«, versucht Dietrich die Vergangenheit schöpferisch aufzuarbeiten. Eine Zeitlang kehrt er in die Welt seiner Kindheit zurück. Er beginnt, ein Drama und einen Roman über eine – seine! – bürgerliche Familie zu schreiben. Beide Versuche bricht er ab, als er merkt, daß dabei fast nur Triviales herauskommt.

Er selbst hätte die »Tegeler Fragmente« sicher nie veröffentlicht. Sie hatten wohl auch eher eine therapeutische Funktion. »Für mich ist diese Auseinandersetzung mit der Vergangenheit, der Versuch, sie festzuhalten und wiederzugewinnen, vor allem die Furcht, sie zu verlieren, fast die tägliche Begleitmusik meines hiesigen Lebens ...«[5]

Die Krise führt Dietrich zeitweilig in die Regression, in die Flucht in eine heile, vergangene Welt. So jedenfalls deutet es die amerikanische Historikerin Ruth

Zerner. Erst dadurch, daß er diese Krise kreativ zu bearbeiten versucht, kann er sie überwinden und einen neuen Lebens- und Denkansatz formulieren.

Zunächst aber kehrt er fast kritiklos in die geordnete Welt des Bürgertums zurück. »Ich lebe mit meiner Lektüre jetzt ganz im 19. Jahrhundert. Gotthelf, Stifter, Immermann, Fontane, Keller habe ich in diesen Monaten mit reiner Bewunderung gelesen.«[6] Ihren Stil kopierend, zeichnet er das Bild einer vergangenen Welt, in der die Ordnungen noch gelten, die ihn prägten. Dietrich, der sich schon so weit herausbegeben hatte, legt einen Konservativismus an den Tag, der gar nicht mehr recht zu ihm paßt.

Die junge Frau, die im Roman Marias Züge tragen soll, ist »keine von jenen Töchtern unserer Zeit, die ihre Tage bei cocktail-parties, dancing-teas und der Anbetung von Filmstars vergeudeten. Das war auch nicht einer jener emanzipierten Halbmänner ... Das war eine geborene Mutter, die das Glück eines guten Familienlebens von klein auf erfahren hatte und nun als unverlierbaren Besitz in sich trug.« Und Christoph, der im Dramenfragment für Dietrich steht, berichtet, er habe in einer Debatte über die Freiheit der Bürger gesagt, »man dürfe die Freiheit nie zum Schlagwort für die Masse machen, weil daraus die schlimmste Sklaverei entstünde. Freiheit sei immer nur ein Gut für die ganz wenigen, edlen, auserwählten ... es müsse ein Oben und ein Unten unter den Menschen geben ... es gebe von Natur Edle, die zum Herrschen und zur Freiheit bestimmt seien, und es gebe auch einen Pöbel von Natur, der zu dienen habe.«[7]

Solche Äußerungen stehen all dem entgegen, was Dietrich wenig später in seiner »Theologie der Gefängnisbriefe« entwickelt. In ihnen hat das Evangelium eine klare Tendenz »von oben nach unten«, zwingt zur Solidarität mit denen, die unten sind, und zur Option für die Leidenden. Dem amerikanischen Theologen Th. J. Day fällt der »Widerspruch zwischen dem Evangelium, dem Bonhoeffer auf der Spur bleiben wollte, und den autoritären Strukturen, in denen er zu leben versuchte« auf. »Das Evangelium mußte schließlich diesen Rahmen sprengen.«[8]

Eingesperrt mit sich und seiner Geschichte, ist Dietrich zu einer kritischen Aufarbeitung und schließlich einer »Umkehr«, einer Neuorientierung in der Lage. Die Lektüre des Evangeliums, der »frohen Botschaft« von der Befreiung zur Solidarität, führt ihn noch einmal neu und endgültig zur Überschreitung der Begrenzung seines Klassenhintergrundes. Aus dem Ordnungsmenschen wird ein Theologe der Befreiung. Und die Befreiung verwandelt auch ihn selbst.

Es sind aber auch Menschen, die ihm helfen, die Welt und sich selbst noch einmal anders zu sehen – einfach dadurch, daß sie anders sind, als Dietrich es nach seinen althergebrachten Vorstellungen erwartet. Allen voran Maria, die gar nicht dem konservativen Frauenideal entspricht, das Dietrich sich ausgemalt hat. Sie, die nach dem Krieg Mathematik studieren und später in einer Computerfirma in den USA eine führende Position einnehmen wird, denkt gar nicht daran, den großen Theologen kritiklos zu bewundern oder sich von ihm erziehen zu lassen. Ihre Schwester Ruth-Alice von Bismarck erinnert sich eher an eine emanzipierte Beziehung zwischen den beiden ungleichen Partnern. Natürlich ist Maria verliebt in Dietrich, und selbstverständlich hält sie zu ihm; aber sie steht zum Beispiel zu ihrem geliebten Rilke, den er »ungesund« findet. Wenn sie nicht seiner Meinung ist, widerspricht sie ihm. Offenbar läßt Dietrich sich das gefallen; er spürt, daß sie ihm im Dialog menschlich gewachsen ist. Es steht sogar zu vermuten, daß sie einen weit größeren Anteil daran hat, ihn auf den Boden zurückzuholen, als allgemein angenommen wird.

Im Juni 1943 sehen Maria und Dietrich sich wieder – im Beisein des Kriegsgerichtsrates Roeder. Immerhin erhält Maria nun regelmäßig Besuchs- und Schreiberlaubnis. Und allmählich wird aus dem Bild, das Dietrich sich von ihr gemacht hat, ein realer Mensch. Was ihn dabei an ihr irritiert und fasziniert, ist nicht nur ihre Eigenständigkeit. Im Gegensatz zu ihm hält sie ihre Gefühle nicht zurück. Sie sagt ihm, daß er sich ihr gegenüber nicht ständig zusammennehmen muß. »In *eurer* Familie hat man gelernt, Gefühle zu zeigen«, soll Dietrich darauf geantwortet haben.[9]

Immer mehr werden in der Beziehung zu Maria Dietrichs Emotionen freigelegt. Aber das macht seine Lage nicht einfacher. Vor allem, als sich herausstellt, daß ein schnelles Ende der Haft nicht abzusehen ist, wird die Spannung für beide fast unerträglich. Sie müssen in dem Bewußtsein leben, daß ihre Beziehung unerfüllt bleiben könnte. Sie müssen ständig aufeinander zugehen und Abschied nehmen zugleich.

Im Mai 1944, nach einem Besuch von Maria, schreibt Dietrich zum ersten Mal ein Gedicht. In ihm vermischt sich auf seltsame Weise die Sehnsucht nach Maria mit der Trauer um vergangenes Leben.

> Du gingst, geliebtes Glück und schwer geliebter Schmerz.
> Wie nenn' ich dich? Not, Leben, Seligkeit,
> Teil meiner selbst, mein Herz – Vergangenheit?
> Es fiel die Tür ins Schloß,
> ich höre deine Schritte langsam sich entfernen und verhallen.
> Was bleibt mir? Freude, Qual, Verlangen?
> Ich weiß nur dies: du gingst – und alles ist vergangen.
> Spürst du, wie ich jetzt nach dir greife …
> daß es dir wehtun muß …
> nur um deiner Nähe gewiß zu bleiben,
> du leibliches, irdisches, volles Leben?[10]

Das Gedicht ist ein einziger großer Gefühlsausbruch. Dietrich schickt es zuerst an Eberhard Bethge – mit der Frage, ob er es auch Maria zumuten dürfe. Doch dahinter steht wohl auch die Frage, ob er sich selbst seine Gefühle, seine Sehnsucht, seinen Schmerz eingestehen darf.

Daß er es schafft, ohne an seiner Situation zu verzweifeln, verdankt er wohl auch seiner Fähigkeit, seinen Gefühlen in Briefen und vor allem in den Gedichten, die nun entstehen, Ausdruck zu geben. Das Bonhoeffersche Prinzip, sich nicht gehenzulassen, wirkt nun auch wieder produktiv. Doch es ist die in der Beziehung zu Maria freigelegte Emotionalität, die es ihm möglich macht, festgefügte Bilder von ihr und von sich selbst loszulassen, lebendig zu sein, zu sich selbst zu kommen.

Der Briefwechsel zwischen Maria und Dietrich ist erst im Jahre 1992 veröffentlicht worden. Ruth-Alice von Bismarck hat ihn unter dem Titel »Brautbriefe Zelle 92« im Auftrag ihrer 1977 verstorbenen Schwester herausgegeben.

Aus den Briefen an Eberhard Bethge erfährt man, daß es auch die Mitgefangenen, die Leidensgenossen sind, die Dietrich noch einmal umdenken lassen. Das wird aber erst möglich, als Dietrich sein Leben im Gefängnis nicht mehr als Trennung vom »eigentlichen« Leben empfindet. Nach und nach wird er nun das Tegeler Gefängnis als seine Welt akzeptieren –

und in ihr neue und überraschende Entdeckungen machen.

Zunächst einmal bekommen die Menschen, mit denen er dort zu tun hat, individuelle Züge und schärfere Konturen. Das liegt auch daran, daß sich die Haftbedingungen ändern. Der freundliche Pastor und prominente Häftling wird inzwischen zuvorkommend behandelt. Er hat genug zu lesen und zu essen; er darf sich relativ frei bewegen; Häftlinge und Bewacher unterhalten sich gern mit ihm. Nach den Luftangriffen, die auch in der Tegeler Haftanstalt Tote und Verletzte fordern, wird er als Hilfssanitäter eingesetzt. Er lernt Menschen aus den unterschiedlichsten sozialen Milieus kennen. Es beeindruckt ihn, daß Menschen, die weder vom christlichen Glauben noch von bürgerlicher Bildung geprägt sind, nachdenkliche, hilfsbereite und kluge Mitstreiter sein können – während er im eigenen »Lager«, in der Kirche und im Bürgertum, mit Opportunismus und Anpassung zu kämpfen hatte. Dietrichs Vorstellungen von »Elite« und »Pöbel« geraten durcheinander. Selbst diejenigen proletarischen Gefangenen, die ihm in ihrem Verhalten fremd bleiben, sind Teil der Gemeinschaft, zu der auch er nun gehört. Dietrich geht nicht mehr auf Distanz; in der Notgemeinschaft von Tegel gibt und erfährt er Solidarität.

Evangelium und Leben werden identisch: »Es bleibt ein Erlebnis von unvergleichlichem Wert, daß wir die großen Ereignisse der Weltgeschichte einmal von unten, aus der Perspektive der Ausgeschalteten, Beargwöhnten, Schlechtbehandelten, Machtlosen, Unterdrückten und Verhöhnten, kurz der Leidenden sehen gelernt haben.«[11] Noch einmal fragt Dietrich, was Nachfolge Jesu bedeutet. Die Antwort reflektiert die Lektüre des Evangeliums ebenso wie die eigene Praxis: »›Könnt ihr nicht eine Stunde mit mir wachen?‹ fragt Jesus in Gethsemane. Das ist die Umkehrung von allem, was der religiöse Mensch von Gott erwartet ... Nicht der religiöse Akt macht den Christen, sondern das Teilnehmen am Leiden Gottes im weltlichen Leben ... Jesus ruft nicht zu einer neuen Religion auf, sondern zum Leben.«[12]

Damit ist Dietrich bei seinem großen Thema: »Wir gehen einer völlig religionslosen Zeit entgegen. Die Menschen können einfach, so wie sie nun einmal sind, nicht mehr religiös sein ... Wo behält nun Gott noch Raum?« Die Antwort führt radikal in das Leben in der diesseitigen Welt: »Gott ist mitten im Leben jenseitig. Der Gott, der bei uns ist, ist der Gott, der uns verläßt.«[13] Solche Sätze sind die Konsequenz aus der »Nachfolge«. Ohne Nachfolger ist Jesus gestorben. Ohne Menschen, die leben und handeln, bleibt Gott unsichtbar.

Immer wieder betont Dietrich, daß Gott nicht zur Lösung von Problemen herhalten dürfe, die die Menschen selbst in den Griff kriegen müssen: »Die Religiösen sprechen von Gott, wenn menschliche Erkenntnis (manchmal schon aus Denkfaulheit) zu Ende ist oder wenn menschliche Kräfte versagen – es ist eigentlich immer der deus ex machina, den sie aufmarschieren lassen ... immer in Ausnutzung menschlicher Schwäche bzw. an den menschlichen Grenzen. Ich möchte von Gott ... nicht in den Schwächen, sondern in der Kraft, nicht also bei Tod und Schuld, sondern im Leben und im Guten des Menschen sprechen. An den Grenzen scheint es mir besser, zu schweigen und das Ungelöste ungelöst zu lassen.«[14]

Dazu paßt, was er nach einem schweren Luftangriff an Eberhard Bethge schreibt: »Als wir gestern abend wieder auf dem Fußboden lagen und einer vernehmlich: ›ach Gott, ach Gott!‹ rief – sonst ein sehr leichtfertiger Geselle – brachte ich es nicht über mich, ihn irgendwie christlich zu ermutigen und zu trösten, sondern ich weiß, daß ich nach der Uhr sah und nur sagte: es dauert höchstens noch zehn Minuten. Das geschah nicht mit Überlegung, sondern von selbst und wohl aus dem Gefühl heraus, diesen Augenblick nicht zur religiösen Erpressung benutzen zu dürfen.«[15] Und schließlich: »Ich komme bestimmt nicht als religiöser Mensch von hier heraus! ganz im Gegenteil, mein Mißtrauen und meine Angst vor der ›Religiosität‹ sind hier noch größer geworden als je. Daß die Israeliten den Namen Gottes *nie* aussprachen, gibt mir immer wieder zu denken und ich verstehe es immer besser.«[16]

Zu deutlich hat Dietrich die Phrasen im Ohr, mit

denen seine Kirche Führer, Volk und Vaterland im Namen Gottes gepriesen hat. Und nicht weniger unglaubwürdig erscheint ihm der Versuch, sich in der geschichtlichen Katastrophe auf die Predigt von Schuld und Erlösung zurückzuziehen: »Was Versöhnung und Erlösung, was Wiedergeburt und Heiliger Geist, was Feindesliebe, Kreuz und Auferstehung, was Leben in Christus und Nachfolge Christi heißt, das alles ist so schwer und so fern, daß wir es kaum wagen, davon zu sprechen ... Das ist unsere eigene Schuld. Unsere Kirche, die in diesen Jahren nur um ihre Selbsterhaltung gekämpft hat, als wäre sie ein Selbstzweck, ist unfähig, Träger des versöhnenden und erlösenden Wortes für die Menschen und für die Welt zu sein. Darum müssen die früheren Worte kraftlos werden und verstummen, und unser Christsein wird heute nur in zweierlei bestehen: *Im Beten und im Tun des Gerechten unter den Menschen.*«[17]

Beten und Tun des Gerechten sind für Dietrich zwei Seiten einer Medaille; er, der leben und handeln will, »als gäbe es Gott nicht« – jedenfalls nicht den, der ihm das Handeln abnimmt! –, wendet sich zugleich an den Gott, in dem alle Hoffnung entspringt und in dem alles Leben aufgehoben ist. Die Rückbindung an eine Instanz, in der Liebe, Gerechtigkeit und Versöhnung jenseits menschlicher Verfügungsgewalt ein für allemal bestehen, bleibt für Dietrich der letzte bleibende Halt. »Gott, zu Dir rufe ich in der Frühe des Tages! Hilf mir beten und meine Gedanken sammeln zu Dir; ich kann es nicht allein.«[18]

Was er selbst tun und was er Gott überlassen muß, hat er in den »Stationen auf dem Wege zur Freiheit« beschrieben:

»Tat: Nicht das Beliebige, sondern das Rechte tun und wagen, nicht im Möglichen schweben, das Wirkliche tapfer ergreifen, nicht in der Flucht der Gedanken, allein in der Tat ist die Freiheit.

Leiden: Wunderbare Verwandlung. Die starken, tätigen Hände sind dir gebunden. Ohnmächtig, einsam siehst du das Ende deiner Tat. Nur einen Augenblick berührtest du selig die Freiheit, dann übergabst du sie Gott, damit er sie herrlich vollende.«[19]

In dieser Begrenzung dessen, was man selbst tun kann, endet auch Dietrichs Versuch, so etwas wie ein Heiliger zu werden. »Wenn man völlig darauf verzichtet hat, aus sich selbst etwas zu machen – sei es einen Heiligen oder einen bekehrten Sünder oder einen Kirchenmann – dann wirft man sich Gott ganz in die Arme, dann nimmt man nicht mehr die eigenen Leiden, sondern das Leiden Gottes in der Welt ernst, dann wacht man mit Christus in Gethsemane, und ich denke, das ist Glaube ...«[20]

Das ist auch Dietrichs persönliche Befreiung von dem Druck, etwas Besonderes sein zu müssen. Immer mehr kommt in den Briefen aus Tegel ein Mensch zum Vorschein, der sich wie jeder danach sehnt, frei zu sein, seine Frau zu lieben, Kinder zu haben und in Frieden zu leben. An einem Abend im Mai 1944 schreibt er an Eberhard: »Diese langen, warmen Abende, die ich nun zum zweitenmal hier erlebe, setzen mir etwas zu ... Wenn man so lange jedes Begehren ganz bewußt in sich niedergeknüppelt hat, dann kann das wohl zwei schlimme Folgen haben: entweder ist man innerlich ausgebrannt oder alles staut sich so an, daß es eines Tages eine furchtbare Explosion gibt; die andere denkbare Folge wäre, daß man wirklich selbstlos wird; daß das bei mir nicht der Fall ist, weiß ich selbst am besten ...«[21]

Das sind ziemlich offene Worte für den distanzierten Dietrich. Tatsächlich ist da irgendwo »ein Knoten geplatzt«. Das letzte Foto, das es von Dietrich gibt, stammt aus diesem Sommer und zeigt einen Mann, der die ganz normale menschliche Seite in sich akzeptiert hat. Voller Hoffnung und Ungeduld wartet er auf den Umsturz, den er mit vorbereitet hat.

Am 20. Juli 1944 dringt schließlich die Sondermeldung bis in die Gefängniszellen von Tegel; auf den »Führer« ist ein Attentat verübt worden. Doch schon in der Nacht sind alle Hoffnungen zu Ende. Hitler hat den Anschlag überlebt, Oberst Stauffenberg, der die Bombe gelegt hat, ist zusammen mit seinen engsten Mitverschworenen erschossen worden, die erste Verhaftungswelle rollt bereits an.

Die evangelische Kirche erklärt am 21. Juli 1944:

»Während unsere todesmutigen, tapferen Armeen im schweren Ringen um den Schutz der Heimat und um den endlichen Sieg stehen, hat eine Handvoll vom Ehrgeiz getriebener Offiziere das furchtbarste Verbrechen gewagt und einen Mordanschlag auf den Führer begangen. Der Führer wurde gerettet und dadurch unsagbares Unheil von unserem Volke ferngehalten. Dafür sind wir Gott von Herzen dankbar ...«[22]

Am gleichen Tag schreibt Dietrich an Eberhard einen Brief, der so etwas wie ein Vermächtnis ist. Er rechnet damit, daß er früher oder später in den Untergang der Opposition hineingezogen wird, und legt Rechenschaft ab über seinen Weg:

»Ich habe in den letzten Jahren mehr und mehr die tiefe Diesseitigkeit des Christentums kennen und verstehen gelernt. Nicht ein homo religiosus, sondern ein Mensch schlechthin ist der Christ, wie Jesus Mensch war ... Ich dachte, ich könnte glauben lernen, indem ich so etwas wie ein heiliges Leben zu führen versuchte ... Später erfuhr ich und ich erfahre es bis zur Stunde, daß man erst in der vollen Diesseitigkeit des Lebens glauben lernt.«[23]

Das Ende ist der Beginn

1944–1945

Am 5. Oktober 1944 betritt der Gestapokommissar Huppenkothen die Krankenstube des KZ Sachsenhausen, wo Hans von Dohnanyi mit einer schweren Diphtherie, an beiden Beinen gelähmt, festgehalten wird. Er wirft ihm eine Akte aufs Bett: »Da haben wir, was wir seit zwei Jahren gegen Sie suchen.« Dohnanyi muß sich sehr beherrschen, als er scheinbar uninteressiert zurückfragt: »So, haben Sie das? Wo haben Sie das denn her?«[1]

In einer Nebenstelle der Abwehr in Zossen hat man Ende September in einem Panzerschrank geheime Papiere gefunden, unter ihnen jene Denkschrift, mit der Dohnanyi schon 1939 die deutschen Generäle zum Putsch bewegen wollte. Die »Zossener Akten« geben einen überraschenden Einblick in den Umfang und die Dauer der Verschwörung. Sie setzen eine neue Verhaftungswelle in Gang. Manche Schnellverfahren werden ausgesetzt, die Verhafteten erneuten und »verschärften« Verhören unterzogen. Hans schreibt auf einem Kassiber, der mit dem Wäschepaket herausgeschmuggelt wird, an seine Frau: »Sie haben alles, aber auch alles gegen mich in der Hand.«[2] Er bittet sie, ihm Ruhrbakterien ins Gefängnis zu schmuggeln. Seine einzige

Überlebenschance besteht darin, verhandlungsunfähig zu bleiben. Daß der Krieg und damit die NS-Herrschaft zu Ende geht, ist inzwischen jedem klar. Für die Verhafteten und Verurteilten ist die Befreiung durch die alliierten Streitkräfte nun die einzige Hoffnung, die ihnen bleibt.

Auch Dietrichs Lage verschlechtert sich mit dem Zossener Aktenfund schlagartig. Denn nun wird deutlich, welche Rolle er tatsächlich gespielt hat. Außerdem sind jetzt alle, die ihn hatten schützen können, selbst verhaftet. Die Abwehr ist aufgelöst, Canaris verhaftet, Paul von Hase, Stadtkommandant von Berlin und Dietrichs Onkel, ist bereits hingerichtet. Doch noch einmal kommt Hilfe, diesmal von einer ganz anderen Seite. Einer der Tegeler Wachsoldaten, der Unteroffizier Knobloch, bietet sich an, mit Dietrich unterzutauchen. Knobloch ist Arbeiter aus dem Berliner Norden, Hitlergegner und seit Monaten heimlicher Kurier zwischen Dietrich und der Außenwelt. In den Laubenkolonien der Berliner Arbeiterviertel sind schon viele Illegale versteckt worden; warum jetzt nicht auch ein Pastor aus dem Grunewald?

Die Familie übergibt Knobloch ein Paket mit Monteurkleidung für Dietrich, Geld und Lebensmittelkarten. Anfang Oktober soll das Fluchtunternehmen starten. Doch am 1. Oktober wird Klaus Bonhoeffer verhaftet. Am 2. Oktober richtet Knobloch der Familie aus, Dietrich habe den Fluchtplan aufgegeben, um den Bruder und die übrige Familie nicht noch mehr zu gefährden.

Niemand weiß genau, was in diesen Stunden in Dietrich vorgegangen ist. Die Entscheidung, die er trifft, hat wohl, wie in New York, damit zu tun, sich nicht von seiner »Kampffront« und aus der Gemeinschaft der Leidensgenossen absetzen zu können. Und damit, daß das Leben dort sein kann, wo man es verliert.

Am 4. Oktober wird Rüdiger Schleicher verhaftet, einige Zeit später auch Eberhard Bethge, der inzwischen mit der ältesten Tochter der Schleichers verheiratet ist. Er wird als einziger der aus dem Familienkreis Verhafteten das Ende des Naziregimes überleben.

Am 8. Oktober 1944 wird Dietrich aus Tegel abgeholt und in den berüchtigten Keller des Reichssicherheitshauptamtes in der Prinz-Albrecht-Straße überführt. Ein Mitgefangener, der italienische Offizier und spätere Professor Gaetano Latmiral, berichtet, er habe sich von seinen Freunden verabschiedet, als ob nichts geschehen sei. Nur seine Augen hätten einen unnatürlichen Glanz gehabt. Dietrich wird in dem Augenblick ein Heiliger, in dem er gar keiner mehr sein will.

Aus der Prinz-Albrecht-Straße gibt es nicht mehr viele Nachrichten von Dietrich. Niemand erhält Sprecherlaubnis. Nur zwei Briefe gelangen an Dietrichs Eltern; einer enthält ein Gedicht, das Dietrich am Jahresende für seine Mutter und für Maria geschrieben hat:

Von guten Mächten treu und still umgeben,
behütet und getröstet wunderbar,
so will ich diese Tage mit euch leben
und mit euch gehen in ein neues Jahr.

Noch will das alte unsre Herzen quälen,
noch drückt uns böser Tage schwere Last,
ach, Herr, gib unsern aufgeschreckten Seelen
das Heil, für das Du uns geschaffen hast.

Und reichst Du uns den schweren Kelch, den bittern
des Leids, gefüllt bis an den höchsten Rand,
so nehmen wir ihn dankbar ohne Zittern
aus Deiner guten und geliebten Hand.

Doch willst Du uns noch einmal Freude schenken
an dieser Welt und ihrer Sonne Glanz,
dann wolln wir des Vergangenen gedenken,
und dann gehört Dir unser Leben ganz.

Laß warm und hell die Kerzen heute flammen,
die Du in unsre Dunkelheit gebracht,
führ, wenn es sein kann, wieder uns zusammen.
Wir wissen es, Dein Licht scheint in der Nacht.

Wenn sich die Stille nun tief um uns breitet,
so laß uns hören jenen vollen Klang
der Welt, die unsichtbar sich um uns weitet,
all Deiner Kinder hohen Lobgesang.

Von guten Mächten wunderbar geborgen,
erwarten wir getrost, was kommen mag.
Gott ist bei uns am Abend und am Morgen
und ganz gewiß an jedem neuen Tag.[3]

Die letzte Strophe ist heute ein beliebtes Motiv auf Kalendern und Postkarten christlicher Verlage, meist gekoppelt mit Sonnenuntergang oder Kerzenschein. Dieses falsche Idyll wird der Dramatik nicht gerecht, die in dem Gedicht zum Ausdruck kommt: daß jemand an den Punkt gekommen ist, an dem er beides bejahen kann, das Leben ebenso wie das Sterben.

Zwischen diesen beiden Möglichkeiten bewegt sich Dietrichs Existenz in den letzten Monaten seines Lebens auf geradezu dramatische Weise. Bis zuletzt gibt es Atempausen und Hoffnungen. Die Zerreißprobe, sich zugleich auf das Leben und auf den Tod einstellen zu müssen, kann wohl nur jemand aushalten, der sterben kann, weil er wirklich leben gelernt hat, und der leben kann, weil er in seinen Tod einwilligt.

Zu Beginn des Krieges hatte Dietrich geschrieben, daß es einen Tod von außen gibt und einen Tod von innen, der uns selbst gehört: »Daß uns der Tod von außen erst antrifft, wenn wir durch diesen eigenen Tod für ihn bereit gemacht sind, das darf unser Gebet sein; dann ist unser Tod wirklich nur der Durchgang zur vollendeten Liebe Gottes.«[4]

Unterdessen richtet der Volksgerichtshof unter dem Vorsitz des berüchtigten Freisler ein regelrechtes Massaker unter der bürgerlichen Opposition an. Fast fünftausend Menschen fallen dieser letzten Terrorwelle zum Opfer. Am 2. Februar 1945 werden auch Klaus

Bonhoeffer und Rüdiger Schleicher zum Tode verurteilt.

Am 3. Februar legt ein schwerer Bombenangriff einen Teil der Justizgebäude und des Reichssicherheitshauptamtes in Schutt und Asche.

Von dem Luftalarm überrascht werden auch Dietrichs Eltern, die ihrem Sohn zu seinem neununddreißigsten Geburtstag ein Paket ins Gefängnis bringen wollen. Sie müssen umkehren und versuchen es am 7. Februar erneut. Der Vater schreibt dazu einen typischen Bonhoeffer-Brief: »Lieber Dietrich! Unser Geburtstagsbrief ... kam infolge des Angriffs nicht in Deine Hände. Wir saßen im Anhalter Bahnhof in der S-Bahn während des Angriffs, es war nicht sehr reizvoll; es ist uns, abgesehen davon, daß wir hinterher wie die Schornsteinfeger aussahen, nichts passiert. Wir waren aber nachher, als wir zu Dir zu kommen versuchten, sehr beunruhigt, da man wegen der Blindgänger nicht herangelassen wurde. Tags darauf hörten wir, daß den Häftlingen nichts passiert sei. Hoffentlich stimmt das ...«[5]

Der Brief und das Paket sind die letzte Nachricht, die Dietrich von seiner Familie erhält. Am Nachmittag desselben Tages wird er mit unbekanntem Ziel abtransportiert. Erst am nächsten Pakettag, am 14. Februar, erfahren Maria und die Eltern, daß Dietrich nicht mehr in Berlin ist. Niemand kann oder will Auskunft geben, wohin er gebracht wurde.

Dietrich ist inzwischen zusammen mit anderen Widerstandsangehörigen aus der Abwehr im Bunker des KZ Buchenwald eingesperrt. Zu den Mitgefangenen gehören auch einige prominente Ausländer wie der englische Fliegeroffizier Payne Best und Molotows Neffe Kokorin aus Moskau. Mit beiden freundet sich Dietrich in den nächsten Wochen an. Best erinnert sich: »Bonhoeffer war ganz Bescheidenheit und Freundlichkeit. Er schien immer eine Atmosphäre der Vergnügtheit um sich zu verbreiten, von Freude an den kleinsten Ereignissen des Lebens und von Dankbarkeit für die bloße Tatsache, daß er lebte.«[6]

Dietrich läßt sich von Kokorin Russisch, Kokorin von Dietrich Bibelkunde beibringen. Niemand weiß genau, was man mit ihnen vorhat. Aber da ringsum die Fronten und die Kommunikationssysteme zusammenbrechen, rechnet man immer weniger damit, daß in dem allgemeinen Untergang des »Dritten Reiches« noch ein Prozeß stattfinden wird.

Anfang April hört man in Buchenwald bereits die Geschütze der näher rückenden amerikanischen Streitkräfte. Deshalb werden am 3. April die Prominenten und die »schweren Fälle« auf Transport geschickt. In einem schwerfälligen Holzvergaser geht es in Richtung Süden. Ein Zielort ist im Gespräch, der unter den Insassen Erschrecken auslöst: Das KZ Flossenbürg ist als Vernichtungslager bekannt.

Doch der Transporter fährt an Flossenbürg vorbei.

Erleichterung macht sich breit, bis die Fahrt wieder unterbrochen wird und drei Häftlinge herausgeholt werden. Dietrich ist nicht dabei. Er landet mit den anderen in Regensburg und schließlich in einer Schule in Schönberg, vierzig Kilometer nördlich von Passau. Hier gibt es richtige Betten und eine Schüssel Kartoffeln. Payne Best läßt seinen Rasierapparat herumgehen. Man sitzt am Fenster und sonnt sich. Die Gefahr scheint vorüber zu sein.

Am Sonntag, dem 8. April, wird Dietrich um eine Andacht gebeten; alle wollen es, auch Kokorin, der Atheist. Dietrich spricht über die Tageslosung: »Gelobt sei Gott, der uns nach seiner großen Barmherzigkeit wiedergeboren hat zu einer lebendigen Hoffnung ...« Er redet über die Hoffnungen und Vorsätze, die jeder aus der Gefangenschaft mit in die Freiheit nehmen wird. Als die Andacht zu Ende ist, wird er herausgerufen: »Gefangener Bonhoeffer, fertigmachen und mitkommen!«

Am 5. April 1945 ist in der Mittagsbesprechung bei Hitler der Beschluß gefaßt worden, die Widerstandsgruppe der Abwehr im Schnellverfahren zu liquidieren. Am nächsten Tag wird Hans von Dohnanyi in Sachsenhausen auf der Bahre zum Standgericht, drei Tage später zur Hinrichtung geschleppt.

Am 8. April 1945 trifft der Transport mit dem schon fast entkommenen Dietrich Bonhoeffer in Flossenbürg ein. Der SS-Richter Thorbeck verurteilt die Widerstandsangehörigen aus der Abwehr, unter ihnen Canaris, Oster und Bonhoeffer, wegen Hoch- und Landesverrats zum Tode.

Aus diesen letzten Stunden gibt es kein direktes Zeugnis mehr von Dietrich. Die letzten Spuren, die er in Schönberg zurückläßt, sind ein Buch mit seinem Namen und seiner Adresse und eine Botschaft, die Payne Best dem englischen Freund George Bell übermitteln soll. Der Lagerarzt in Flossenbürg berichtet, Dietrich habe vor der Hinrichtung gebetet, und er sei ruhig und gefaßt gewesen.

Zusammen mit fünf weiteren Angehörigen seiner Widerstandsgruppe wird Dietrich Bonhoeffer am Morgen des 9. April 1945 im KZ Flossenbürg erhängt.

Zur gleichen Zeit irrt Maria mit einem Koffer voll warmer Kleidung durch Süddeutschland in der Hoffnung, Dietrich zu finden. Überall wird sie abgewiesen, auch in Flossenbürg. Monatelang weiß niemand, was mit Dietrich geschehen ist. Der Leichnam wurde mit Tausenden anderen verbrannt.

Einen Monat später ist das »Dritte Reich« zu Ende. Deutschland kapituliert bedingungslos, und die alliierten Truppen stehen fassungslos vor den Massengräbern der Konzentrations- und Vernichtungslager.

Am 27. Juli 1945 wird über den englischen Sender ein Gedächtnisgottesdienst aus der Holy Trinity Church am Kingsway in London übertragen. Er wird von George Bell, Franz Hildebrandt und Julius Rieger für Dietrich Bonhoeffer gehalten. Erst jetzt erfahren die Eltern, daß Dietrich nicht mehr lebt.

In seiner Predigt sagt George Bell, Dietrich habe im Sinne der Propheten und der Apostel gehandelt. Sein Bekenntnis zu Gott sei verbunden gewesen mit dem Kampf gegen das Unrecht. Aus diesem Geist erwachse die Hoffnung auf ein neues Leben.

Für George Bell waren die letzten Worte bestimmt, die uns von Dietrich Bonhoeffer überliefert sind: »Das ist das Ende, für mich der Beginn des Lebens. Ich glaube an die universale christliche Brüderlichkeit über alle nationalen Interessen hinweg, und ich glaube, daß uns der Sieg sicher ist.«[7]

Zeittafel

1906	Dietrich Bonhoeffer wird am 4. Februar in Breslau geboren
1912	Umzug der Familie nach Berlin
1914–1918	Erster Weltkrieg
1919	Beginn der Weimarer Republik
1923	Abitur und Beginn des Theologiestudiums in Tübingen
1924	Studienaufenthalt in Rom; ab Sommersemester Studium in Berlin
1927	Promotion über »Sanctorum Communio«
1928	Erstes theologisches Examen; Beginn des Vikariats in Barcelona
1930	Zweites theologisches Examen und Habilitation über »Akt und Sein« in Berlin; September: Beginn des Studienaufenthaltes am Union Theological Seminary in New York
1931	Juni: Rückkehr nach Berlin; Privatdozent und Hilfsprediger am Prenzlauer Berg; Jugendsekretär des Weltbundes für Freundschaftsarbeit der Kirchen
1933	Machtantritt Hitlers; Bonhoeffer beteiligt sich am Aufbau einer kirchlichen Oppo-

	sition gegen die Gleichschaltungsversuche des Staates; Vortrag: »Die Kirche vor der Judenfrage«; Oktober: Übernahme eines Pfarramtes in London
1934	Teilnahme an der Ökumenischen Konferenz in Fanö; »Friedenspredigt« von Fanö
1935	Rückkehr nach Deutschland; Leitung des Predigerseminars der Bekennenden Kirche in Finkenwalde bei Stettin
1936	Studienreise des Seminars nach Schweden; Entzug der Lehrerlaubnis
1937	Schließung des Predigerseminars durch die Gestapo; Weiterarbeit in illegalen Sammelvikariaten
1937	Veröffentlichung der »Nachfolge«
1939	Reise in die USA zur Übernahme einer Gastdozentur in New York; drei Wochen später jedoch Rückkehr nach Deutschland; Ausbruch des Zweiten Weltkriegs
1940	Beginn der konspirativen Tätigkeit als Kurier der Widerstandsgruppe in der »Abwehr«
1941	Gespräche mit Vertretern der Ökumene in der Schweiz; Arbeit an der »Ethik«
1942	Reise nach Norwegen; Treffen mit Bischof George Bell
1943	Verlobung mit Maria von Wedemeyer; April: Verhaftung; im Wehrmachtsge-

fängnis Berlin-Tegel Briefe und Aufzeichnungen: »Widerstand und Ergebung«

1944 Scheitern des Attentats auf Hitler; nach dem Fund der »Zossener Akten« Überführung Bonhoeffers in den Gestapokeller in der Prinz-Albrecht-Straße

1945 Februar: Überführung in das KZ Buchenwald; April: Abtransport nach Schönberg, dann in das KZ Flossenbürg; am 9. April wird Dietrich Bonhoeffer hingerichtet

Quellenverzeichnis

Einen Platz in der Welt haben

1 Zitiert nach Eberhard Bethge: Dietrich Bonhoeffer. Eine Biographie. München 1986⁶. S. 63

2 Lebenserinnerungen von Karl Bonhoeffer. In: Karl Bonhoeffer. Zum hundertsten Geburtstag. Berlin, Heidelberg, New York 1969. S. 76f.

3 Sabine Leibholz-Bonhoeffer: Vergangen – erlebt – überwunden. Schicksale der Familie Bonhoeffer. Gütersloh 1985. S. 24

4 Zitiert aus unveröffentlichten Erinnerungen von Susanne Dreß, geb. Bonhoeffer, die der Autorin von Professor Andreas Dreß und Heidi Dreß, Bielefeld, zur Verfügung gestellt wurden

5 Ebd.

6 Dietrich Bonhoeffer: Fragmente aus Tegel. München 1978. S. 63

Der Traum vom schönen frommen Tod

1 Dokumentiert in: Unser Jahrhundert im Bild. Gütersloh 1964. S. 192

2 Zitiert nach Bethge: Bonhoeffer. S. 62f.

3 Dokumentiert in Günter Brakelmann: Der deutsche Protestantismus im Epochenjahr 1917. Witten 1974. S. 103

4 Werner Hecht, Hans-Joachim Bunge, Käthe Rülicke-Weiler: Bertolt Brecht. Sein Leben und Werk. Berlin 1969. S. 13

5 Zitiert nach Bethge: Bonhoeffer. S. 63

6 Ebd. S. 63f.

7 Erinnerungen von Susanne Dreß

8 Zitiert nach Bethge: Bonhoeffer. S. 50

Wissen, wo man steht

1 Zitiert nach Bethge: Bonhoeffer. S. 57
2 Ebd. S. 54
3 Brief vom 17.4.1942. Zitiert in Bethge: Bonhoeffer. S. 844. Englisches Zitat übertragen von der Autorin
4 Zitiert nach Bethge: Bonhoeffer. S. 58
5 Brief vom 25.6.1922. Dokumentiert in Dietrich Bonhoeffer: Jugend und Studium 1918–1927. Dietrich Bonhoeffer Werke Bd. 9. Hrsg. von Hans Pfeifer in Zusammenarbeit mit Clifford Green und Carl-Jürgen Kaltenborn. München 1986. S. 63f.
6 Zitiert nach Christian Gremmels, Hans Pfeifer: Theologie und Biographie. Zum Beispiel Dietrich Bonhoeffer. München 1983. S. 18
7 Brief vom 1.11.1920. In Bonhoeffer: Jugend und Studium. S. 30
8 Zitiert nach Bethge: Bonhoeffer. S. 65

Verstehen, was Kirche ist

1 Brief vom 27.10.1923 und vom 3.11.1923. In Bonhoeffer: Jugend und Studium. S. 60ff.
2 Bethge: Bonhoeffer. S. 62
3 Italienisches Tagebuch. In Bonhoeffer: Jugend und Studium. S. 81
4 Ebd. S. 86ff.
5 Ebd. S. 88f.
6 Ebd. S. 97
7 Ebd. S. 101
8 Brief vom 27.5.1924. Ebd. S. 134

Gemeinschaft der Heiligen

1 Zitiert nach Eberhard Bethge, Renate Bethge, Christian Gremmels (Hrsg.): Dietrich Bonhoeffer. Bilder aus seinem Leben. München 1986. S. 59
2 Ebd. S. 59

3 Zitiert nach Bethge: Bonhoeffer. S. 96
4 Dietrich Bonhoeffer: Sanctorum Communio. Eine dogmatische Untersuchung zur Soziologie der Kirche. München 1969[4]. S. 27
5 Zitiert nach Bethge: Bonhoeffer. S. 113
6 Brief vom 5.8.1924 in Bonhoeffer: Jugend und Studium. S. 141
7 Ebd. S. 142
8 Erinnerungen von Susanne Dreß
9 Zitiert nach Bethge: Bonhoeffer. S. 126
10 Ebd. S. 122
11 Brief vom 13.3.1928. Ebd.

»Die Erde bleibt unsere Mutter«

1 Brief vom 11.4.1928. Zitiert nach Bethge: Bonhoeffer. S. 136
2 Ebd. S. 132
3 Ebd. S. 134
4 Ebd. S. 139
5 Brief vom 7.7.1928. Ebd. S. 141
6 Zitiert nach Bethge, Bethge, Gremmels (Hrsg.): Bonhoeffer. S. 68
7 Zitiert nach Bethge: Bonhoeffer. S. 107
8 Ebd. S. 169
9 Ebd. S. 155
10 Brief vom 27.1.1936. Ebd. S. 248f.
11 Brief vom 25.12.1932. Ebd. S. 162

»Wer wollte noch ahnungslos und unbefangen ins gelobte Land eingehen?«

1 Brief vom 6.9.1930. Ebd. S. 183
2 Mitteilung von Professor Larry Rasmussen vom 29.3.1989 an die Autorin
3 Bethge, Bethge, Gremmels (Hrsg.): Bonhoeffer. S. 74
4 Ebd.

5 Brief vom 24.1.1931. Zitiert nach Bethge: Bonhoeffer. S. 187
6 Bethge, Bethge, Gremmels (Hrsg.): Bonhoeffer. S. 76
7 Brief vom 27.1.1936. Zitiert nach Bethge: Bonhoeffer. S. 249
8 Jean Lasserre: Der Krieg und das Evangelium. Zitiert nach Bethge: Bonhoeffer. S. 191
9 Dietrich Bonhoeffer: Gesammelte Schriften III. (In: Ges. Schriften I–III, hrsg. von Eberhard Bethge. München 1958–1974), S. 24f.
10 Zitiert nach Bethge: Bonhoeffer. S. 188
11 Brief vom 3.11.1930. Ebd. S. 206

»Trachtet nach dem, was auf Erden ist!«

1 Wolf-Dieter Zimmermann in ders. (Hrsg.): Begegnungen mit Dietrich Bonhoeffer. München 1964. S. 46ff.
2 Brief vom 25.12.1931 und vom 26.2.1932. Gesammelte Schriften I. S. 25ff.
3 Zitiert nach Bethge: Bonhoeffer. S. 275
4 Brief vom 25.12.1931. Gesammelte Schriften I. S. 24
5 Vorlesung vom 31.7.1930. Zitiert nach Gremmels, Pfeifer: Theologie und Biographie. S. 21
6 Zitiert nach Bethge: Bonhoeffer. S. 283
7 Ebd. S. 238
8 Zitiert nach Gremmels, Pfeifer: Theologie und Biographie. S. 43
9 Zitiert nach Bonhoeffer: Gesammelte Schriften IV. S. 70f.

Dem Rad in die Speichen fallen

1 Zitiert nach Gremmels, Pfeifer: Theologie und Biographie. S. 47
2 Ebd. S. 48
3 In Hans Prolingheuer: Kleine politische Kirchengeschichte. Köln 1984. S. 56

4 In Bethge, Bethge, Gremmels (Hrsg.): Bonhoeffer. S. 102
5 Prolingheuer: Kirchengeschichte. S. 53
6 Ebd.
7 Gesammelte Schriften II. S. 48
8 Dokumentiert in Eberhard Röhm, Jörg Thierfelder (Hrsg.): Evangelische Kirche zwischen Kreuz und Hakenkreuz. Bilder und Texte einer Ausstellung. Stuttgart 1983^{3}. S. 19
9 Leibholz-Bonhoeffer: Vergangen. S. 98f.
10 In Bethge: Bonhoeffer. S. 322
11 Dietrich Bonhoeffer: Widerstand und Ergebung. Briefe und Aufzeichnungen aus der Haft. Hrsg. von Eberhard Bethge. Gütersloh 1983^{3}. S. 183
12 Zitiert nach Bethge: Bonhoeffer. S. 346
13 Zimmermann in ders. (Hrsg.): Begegnungen. S. 47
14 Zitiert nach Bethge: Bonhoeffer. S. 348
15 Ebd.
16 In Bethge, Bethge, Gremmels (Hrsg.): Bonhoeffer. S. 114
17 Ebd. S. 113
18 Brief vom 24.10.1933. Gesammelte Schriften II. S. 32
19 Zitiert nach Bethge: Bonhoeffer. S. 377

»Tu deinen Mund auf für die Stummen!«

1 Zimmermann in ders. (Hrsg.): Begegnungen. S. 59
2 Ebd. S. 60
3 Ebd.
4 Zitiert nach Bethge: Bonhoeffer. S. 381
5 In Röhm, Thierfelder (Hrsg.): Kirche zwischen Kreuz und Hakenkreuz. S. 41
6 Zitiert nach Bethge: Bonhoeffer. S. 423
7 Ebd. S. 427
8 Karl Kupisch, Kirchengeschichte V. Stuttgart 1975. S. 126

9 Martin Niemöller in Irene Hübner (Hrsg.): Unser Widerstand. Deutsche Männer und Frauen berichten über ihren Kampf gegen die Nazis. Frankfurt/Main 1982. S. 61
10 In Bethge: Bonhoeffer. S. 405
11 Ebd. S. 401
12 Bethge, Bethge, Gremmels (Hrsg.): Bonhoeffer. S. 127

Den Krieg verbieten!

1 Zitiert in Leibholz-Bonhoeffer: Vergangen. S. 100f.
2 Gesammelte Schriften II. S. 135
3 Brief vom 4.7.1934. In Bethge: Bonhoeffer. S. 435
4 Ebd. S. 444
5 Bethge, Bethge, Gremmels (Hrsg.): Bonhoeffer. S. 133
6 Ebd.
7 Ebd. S. 137
8 Lawrence B. Whitburn in Zimmermann (Hrsg.): Begegnungen. S. 64
9 Bonhoeffer: Widerstand und Ergebung. S. 183
10 In Leibholz-Bonhoeffer: Vergangen. S. 103

»Wer sich wissentlich von der Bekennenden Kirche trennt ...«

1 Werner Koch: Sollen wir K. weiter beobachten? Ein Leben im Widerstand. Stuttgart 1982. S. 78f.
2 In Bethge: Bonhoeffer. S. 489
3 Bethge: Bonhoeffer. S. 492
4 Ebd. S. 481
5 In Bethge: Bonhoeffer. S. 566
6 Ebd.
7 Ebd. S. 576
8 Ebd. S. 590
9 Ebd. S. 595
10 Albrecht Schönherr in Zimmermann (Hrsg.): Begegnungen. S. 101
11 Ebd.

12 Aus Bertolt Brecht: An die Nachgeborenen. Ders.: Gesammelte Werke Bd. 9. Frankfurt/Main 1967. S. 724
13 Aus einem Brief von Frau Dr. Elisabeth Bornkamm vom 30.11.1989 an die Autorin
14 Brief vom 27.1.1936. In Bethge: Bonhoeffer. S. 249
15 Schönherr in Zimmermann (Hrsg.): Begegnungen. S. 99
16 Bonhoeffer: Fragmente aus Tegel. S. 158
17 Bonhoeffer: Nachfolge. München 1988[17]. S. 281
18 In Bethge: Bonhoeffer. S. 650

»Nur wer für Juden schreit, darf gregorianisch singen!«

1 In Bethge: Bonhoeffer. S. 577
2 Ebd. S. 578
3 Ebd. S. 579
4 Ebd. S. 581
5 Brief vom 24.10.1936. Ebd. S. 591f.
6 Bonhoeffer: Nachfolge. S. 13f.
7 Tiemo Rainer Peters: Jenseits von Radikalismus und Kompromiß. Zitiert im Nachwort zur »Nachfolge« von E. Bethge
8 Bethge, Bethge, Gremmels (Hrsg.): Bonhoeffer. S. 171
9 Zitiert in Hans Prolingheuer: Ausgetan aus dem Land der Lebendigen. Leidensgeschichten unter Kreuz und Hakenkreuz. Neukirchen-Vluyn 1983. S. 182
10 Leibholz-Bonhoeffer: Vergangen. S. 107
11 Ernst Klee: »Judenrein«. Protestanten und die Judenverfolgung. Dokumentarfilm. Dokumentiert in der FR (Nr. 218) vom 20.9.1989
12 Ebd.
13 Ebd.
14 Koch: K. weiter beobachten? S. 182f.
15 Ebd. S. 197f.
16 Ebd. S. 246

17 Leibholz-Bonhoeffer: Vergangen. S. 113f.
18 Ebd. S. 122
19 Dietrich Bonhoeffer: Ethik. München 1988[12]. S. 121f.

»Komme noch vor dem Winter!«

1 In Bethge: Bonhoeffer. S. 676
2 Ebd. S. 679
3 Ebd. S. 690f.
4 Ebd. S. 672
5 Rundbrief vom 24.6.1937. Ebd. S. 657
6 Ebd. S. 731
7 Ebd.
8 Ebd. S. 683
9 Ebd. S. 733
10 Ebd. S. 731
11 Ebd. S. 737
12 Gesammelte Schriften I. S. 314

Die Maskerade des Bösen

1 Bethge: Bonhoeffer. S. 765
2 Kurt Scharf: Widerstehen und Versöhnen. Stuttgart 1987. S. 130
3 Bonhoeffer: Ethik. S. 80f.
4 Bethge, Bethge, Gremmels (Hrsg.): Bonhoeffer. S. 191
5 Bonhoeffer: Ethik. S. 255f.
6 Aus einem Fernsehinterview mit Gertrud Staewen
7 Bonhoeffer: Widerstand und Ergebung. S. 25
8 In Bethge: Bonhoeffer. S. 791
9 Bonhoeffer: Widerstand und Ergebnung. S. 10
10 Mitteilung von Emmi Bonhoeffer. In: Eberhard und Renate Bethge (Hrsg.): Letzte Briefe im Widerstand. Aus dem Kreis der Familie Bonhoeffer. München 1984. S. 44f.
11 Bethge: Bonhoeffer. S. 876f.

12 Bonhoeffer: Widerstand und Ergebung. S. 24
13 Wilhelm Rott in Zimmermann (Hrsg.): Begegnungen. S. 103.
14 Brief vom 25.6.1942. In Bethge: Bonhoeffer. S. 810f.
15 Mitteilung von Ruth-Alice von Bismarck geb. von Wedemeyer vom 26.4.1990 an die Autorin

In der Diesseitigkeit des Lebens glauben lernen

1 Bonhoeffer: Widerstand und Ergebung. S. 64f.
2 Ebd. S. 26
3 Bethge, Bethge, Gremmels (Hrsg.): Bonhoeffer. S. 207
4 Bonhoeffer: Ethik. S. 386f.
5 Brief vom 5.6.1944. In Bonhoeffer: Widerstand und Ergebung. S. 157
6 Ebd. S. 43
7 Bonhoeffer: Fragmente aus Tegel. S. 126 und S. 31f.
8 Th. I. Day: The Meaning of Christian Community for Dietrich Bonhoeffer. New York 1975. S. 630. Zitiert in Ruth Zerner: Regression und Kreativität. Nachwort zu den »Fragmenten aus Tegel«. S. 199
9 Mitteilung von Ruth-Alice von Bismarck vom 26.4.1990
10 Bonhoeffer: Widerstand und Ergebung. S. 210f.
11 Gesammelte Schriften II. S. 441
12 Bonhoeffer: Widerstand und Ergebung. S. 180f.
13 Ebd. S. 177f.
14 Ebd. S. 134f.
15 Ebd. S. 105
16 Zitiert nach Gremmels, Pfeifer: Theologie und Biographie. S. 117
17 Ebd. S. 126
18 Bonhoeffer: Widerstand und Ergebung. S. 73
19 Ebd. S. 184f.
20 Ebd. S. 183
21 Ebd. S. 156

22 Bethge, Bethge, Gremmels (Hrsg.): Bonhoeffer. S. 221
23 Bonhoeffer: Widerstand und Ergebung. S. 183

Das Ende ist der Beginn

1 Aufzeichnungen von Christine von Dohnanyi. In Bethge: Bonhoeffer. S. 1051
2 Bethge, Bethge (Hrsg.): Letzte Briefe. S. 85
3 Bonhoeffer: Widerstand und Ergebung. S. 204f.
4 In Bethge: Bonhoeffer. S. 743
5 Ebd. S. 1024
6 Ebd. S. 1029
7 Ebd. S. 1037

Bibliographie

Texte von Dietrich Bonhoeffer (Auswahl)

Dietrich Bonhoeffer: Nachfolge. Gütersloh (Chr. Kaiser/Gütersloher Verlagshaus) 1994. NA in: Dietrich Bonhoeffer Werke, Bd. 4 Gütersloh (Chr. Kaiser/Gütersloher Verlagshaus) 1994

Dietrich Bonhoeffer: Gemeinsames Leben. Gütersloh (Chr. Kaiser/Gütersloher Verlagshaus) 2001

Dietrich Bonhoeffer: Ethik. Gütersloh (Chr. Kaiser/Gütersloher Verlagshaus) 1998

Dietrich Bonhoeffer: Widerstand und Ergebung, Briefe und Aufzeichnungen aus der Haft. Hrsg. Von Eberhard Bethge. Kaiser Taschenbücher 100. Gütersloh (Chr. Kaiser/Gütersloher Verlagshaus) 1997

Dietrich Bonhoeffer: Lesebuch. Hrsg. Von Otto Dudzus. Gütersloh (Chr. Kaiser/Gütersloher Verlagshaus) 2000

Dietrich Bonhoeffer: Jugend und Studium 1918–1927. Dietrich Bonhoeffer Werke Bd. 9. Hrsg. von Hans Pfeifer in Zusammenarbeit mit Clifford Green und Carl-Jürgen Kaltenborn. Gütersloh (Chr. Kaiser/Gütersloher Verlagshaus) 1986

Dietrich Bonhoeffer/Maria von Wedemeyer: Brautbriefe Zelle 92. 1943–1945. Hrsg. Von Ruth-Alice von Bismarck und Ulrich Kabitz. München (C. H. Beck) 1997

Literatur über Bonhoeffer

Eberhard Bethge: Dietrich Bonhoeffer. Theologe – Christ – Zeitgenosse. Eine Biographie. Gütersloh (Chr. Kaiser/Gütersloher Verlagshaus) 2001

Eberhard Bethge: Dietrich Bonhoeffer. Reinbek (Rowohlt) 2000

Eberhard Bethge, Renate Bethge, Christian Gremmels (Hrsg.): Dietrich Bonhoeffer. Bilder aus seinem Leben. Gütersloh (Chr. Kaiser/Gütersloher Verlagshaus) 1989

Christian Gremmels, Hans Pfeifer: Theologie und Biographie. Zum Beispiel Dietrich Bonhoeffer. Gütersloh (Chr. Kaiser/Gütersloher Verlagshaus) 1983

Edwin Robertson: Dietrich Bonhoeffer. Leben und Verkündigung. Göttingen (Vandenhoeck & Ruprecht) 1995
Sabine Leibholz-Bonhoeffer: Vergangen – erlebt – überwunden. Schicksale der Familie Bonhoeffer. (GTB 1122). Gütersloher Verlagshaus. Gütersloh 1995
Eberhard Bethge, Renate Bethge (Hrsg.): Letzte Briefe im Widerstand. Aus dem Kreis der Familie Bonhoeffer. Gütersloh (Chr. Kaiser/Gütersloher Verlagshaus) 1997

Zeit- und kirchengeschichtliche Literatur

Irene Hübner (Hrsg.): Unser Widerstand. Deutsche Frauen und Männer berichten über ihren Kampf gegen die Nazis. Frankfurt/Main (Röderberg) 1982
Karl Kupisch: Kirchengeschichte V, 1815–1945. Stuttgart (Kohlhammer) 1986
Hans Prolingheuer: Ausgetan aus dem Land der Lebendigen. Leidensgeschichten unter Kreuz und Hakenkreuz. Neukirchen-Vluyn (Neukirchener Verlag) 1983
Hans Prolingheuer: Kleine politische Kirchengeschichte. Fünfzig Jahre evangelischer Kirchenkampf von 1919 bis 1969. Köln (Pahl-Rugenstein) 1984
Eberhard Röhm, Jörg Thierfelder (Hrsg.): Evangelische Kirche zwischen Kreuz und Hakenkreuz. Bilder und Texte einer Ausstellung. Stuttgart (Calwer Verlag) 1990
Kurt Scharf: Widerstehen und Versöhnen. Stuttgart (Radius) 1987
Werner Koch: Sollen wir K. weiter beobachten? Ein Leben im Widerstand. Stuttgart (Radius) 1982

Bildnachweis

(7) Pfarrer Otto Dudzus, Köln; (14) Barbara Bayer, Wuppertal; (16) Karl Barth-Archiv, Basel; (17) Douglas R. Gilbert, Newburryport. Alle übrigen Fotos aus *Dietrich Bonhoeffer. Bilder aus seinem Leben*, hg. v. E. Bethge/R. Bethge/Chr. Gremmels. Gütersloh (Chr. Kaiser/Gütersloher Verlagshaus) 1989
Wir danken allen Archiven, Verlagen und Nachlaßverwaltern für die freundliche Genehmigung zum Abdruck.

Zum Weiterlesen

WISSENSCHAFT Lektüre

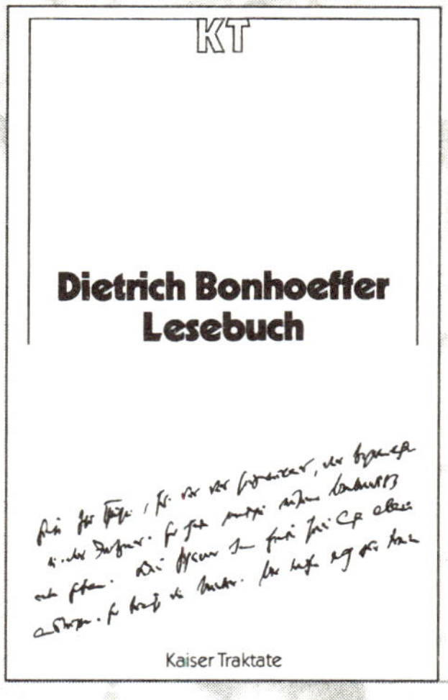

Dietrich Bonhoeffer Lesebuch

Herausgegeben von Otto Dudzus.
5. Auflage.
180 Seiten. Kt.
[3-579-05011-7] KT 11

Dieses Lesebuch ist in erster Linie für diejenigen gedacht, die auf Dietrich Bonhoeffer aufmerksam geworden sind und nach einem ersten Einstieg zu seinen Schriften verlangen. Sie stoßen bei der Auswahl bereits auf jene Grundtexte, die im buchstäblichen Sinn Epoche gemacht haben und für das heutige Nach- und Weiterdenken eine besondere Rolle spielen. Vorwort und Zwischentexte des Herausgebers leisten die nötige Orientierungshilfe.

Tel. 0 52 41 / 74 05 - 41
Fax 0 52 41 / 74 05 - 48
Internet: http://www.gtvh.de
e-mail: info@gtvh.de

Chr. Kaiser
Gütersloher
Verlagshaus

Zum Weiterlesen

ALLGEMEINES PROGRAMM

Biographie

Eberhard Bethge

Dietrich Bonhoeffer

Theologe – Christ – Zeitgenosse. Eine Biographie. 7., aktualisierte Auflage, 1108 Seiten, 20 Abbildungen, 32 Seiten Beilage mit Ahnentafel und Übersichten. Geb. **[3-579-02272-5]**

Wer sich intensiver mit Leben und Werk Dietrich Bonhoeffers befassen möchte, dem sei die Biographie von Eberhard Bethge empfohlen. Dieser setzt seinem Weggefährten und Freund Bonhoeffer mit diesem Buch ein Denkmal: Neben bewegenden persönlichen Eindrücken bietet es auch Zeitgeschichte, Kirchenkampf- und Widerstandsgeschichte, Ausschnitte aus der Frühzeit der ökumenischen Bewegung und aus der Theologie Dietrich Bonhoeffers.

Tel. 0 52 41 / 74 05 - 41
Fax 0 52 41 / 74 05 - 48
Internet: http://www.gtvh.de
e-mail: info@gtvh.de

Gütersloher Verlagshaus